Scrittori
39

PIA PERA

AL GIARDINO ANCORA NON L'HO DETTO

PONTE ALLE GRAZIE

Prima edizione: febbraio 2016
Nuova edizione: novembre 2019
Terza ristampa: novembre 2021

In copertina: © David et Myrtille/Trevillon Images
Art Direction: ushadesign

Ponte alle Grazie è un marchio
di Adriano Salani Editore s.u.r.l.
Gruppo editoriale Mauri Spagnol

Il nostro indirizzo Internet è www.ponteallegrazie.it
Seguici su Facebook e su Twitter (@ponteallegrazie)
Per essere informato sulle novità
del Gruppo editoriale Mauri Spagnol visita:
www.illibraio.it

A Macchia e a Nino

Too dark in the woods for a bird
By sleight of wing
To better its perch for the night,
Though it still could sing.

ROBERT FROST

Disse Dio a Mosè: «Fammi un piacere,
dillo tu ad Aronne della sua morte,
perché io mi vergogno a dirglielo».

YALKUT SHIMONI

And does it not seem hard to you,
When all the sky is clear and blue,
And I should like so much to play,
To have to go to bed by day?

ROBERT LOUIS STEVENSON

Premessa

Una sera d'autunno, a Mantova, in una libreria del centro, mi cadde l'occhio su un libretto, *Poesie religiose* di Emily Dickinson. Una di queste, *I haven't told my garden yet*, mi colpì con la forza di una rivelazione. Mi parve contenesse un atteggiamento rivoluzionario verso la morte. Ne parlai in una conferenza che tenni a Roma, nella limonaia di Villa Borghese. Mi avevano invitata a raccontare del mio giardino. È semplicemente un posto dove mi sento felice, avevo esordito, fatico a immaginare come possa interessare ad altri: non ci sono collezioni botaniche, nemmeno piante particolarmente insolite – pochissime, quantomeno – e neppure soluzioni ardite. Mi ingegnai di presentare qualche istantanea dei momenti più belli. In certe giornate d'aprile, il cielo sbirciato attraverso le fioriture dei ciliegi, le grandi nuvole d'erba smeraldina ricamata di fiori di campo, che ondeggiano fresche al soffio ora gentile, ora prepotente del vento. Raccontare del mio giardino mi costringeva a sospendere quello stato d'animo di simbiotica inconsapevolezza che mi aveva permesso, nel corso degli anni, di intervenire quasi senza accorgermene. Ero abituata a fingere con me stessa che

11

non fosse, in fin dei conti, un luogo dove tante cose le avevo decise io, anche l'abbandono apparente. Mi piaceva andarci quasi furtivamente, e sempre con l'idea di vedere cosa mi avrebbe riservato. Come se potessi non saperlo. Come se non fossi io quella che lo aveva, in un certo senso, generato. Un po' come quando i bambini, giocando, stabiliscono lo scenario e i ruoli, e poi fanno finta di crederci, prima di abbandonarsi alla serietà del gioco. Dopo questa premessa, per non deludere chi dopotutto si aspettava di imparare anche qualcosa di concreto, cercai di rendere conto di come avevo trasformato un podere spoglio in un luogo dove passeggiare tra boschetti, olivi, un frutteto, l'orto, infine il giardino dei bossi dietro casa, in una transizione graduale, il più possibile impercettibile e discreta, tra l'apparentemente spontaneo e il campestre, tra il casuale e il deliberato. Il mio intento era stato cancellare, o quanto meno smorzare, le mie stesse tracce, gli indizi che avrebbero potuto sottolineare un progetto, un'intenzione. Volevo trasmettere un senso di fusione con la natura, di naufragio in un paesaggio più vasto, come nei disegni di Shitao o nei versi della *Montagna fredda*. Dal momento che il mio giardino era, in un certo senso, impostato sull'assenza del giardiniere, sulla non-percettibilità del suo volere – continuai – mi piaceva pensare, o meglio illudermi, che si sarebbe trovato meno impreparato all'inevitabile tradimento: il venir meno della persona che se ne prende cura. Ed eccomi approdare alla poesia di Emily Dickinson, la n. 50, *I haven't told my garden yet*, dove si suggerisce che verrà un giorno in cui il giardiniere non terrà fede all'appuntamento consueto. Il giardino questo non lo sa. Di colpo cesserà ogni cura. La natura tornerà l'unica forza, si interromperà il dialogo tra uomo e paesaggio espresso nel giardino, la più effimera delle arti. Un pittore, uno scultore, un architetto, per non dire un poeta, sono meno sleali verso la loro opera. Creano qualcosa che, almeno in potenza, può continuare a vivere anche dopo di loro. In giardino è diverso. Quel gelsomino magari crede che non verrà mai meno la mano che lo innaffia, che strappa le erbe robuste che potrebbero soffocarlo, che sparge lo sfatticcio di foglie che ne manterrà umide e protette le radici. Invece non è così. Un giorno, tutto a un tratto, dovrà vedersela da solo, da pari a pari, con altre piante più vigorose. Quella pergola regolarmente potata, straborderà. Quella siepe di lecci diventerà un bosco. C'era un disegno, in men che non si dica sarà cancellato. Poco, ben poco resterà dell'intento originario. Alcune piante moriranno, altre, forse, realizzeranno ambizioni sinora tenute a freno. A quel punto lessi la poesia, prima nella mia traduzione, e poi nell'originale:

Al giardino ancora non l'ho detto –
non ce la farei.
Nemmeno ho la forza adesso
di confessarlo all'ape.

I haven't told my garden yet –
lest that should conquer me.
I haven't quite the strength now
To break it to the Bee.

Non ne farò parola per strada –
le vetrine mi guarderebbero fisso –
che una tanto timida – tanto ignara
abbia l'audacia di morire.

I will not name it in the street
For shops would stare at me –
That one so shy – so ignorant
Should have the face to die.

Non devono saperlo le colline –
dove ho tanto vagabondato –
né va detto alle foreste amanti
il giorno che me ne andrò –

The hillsides must not know it –
Where I have rambled so –
Nor tell the loving forests
The day that I shall go –

e non lo si sussurri a tavola –
né si accenni sbadati, *en passant*,
che qualcuno oggi
penetrerà dentro l'Ignoto.

Nor lisp it at the table –
Nor heedless by the way
Hint that within the Riddle
One will walk today –

Conclusi dicendo come di quei versi mi avesse colpita il ribaltamento della prospettiva sulla morte. L'accenno a una
preoccupazione per gli esseri, animati e non, che in qualche modo abbiamo tratto in inganno abituandoli alla nostra presenza. Senza avvertirli dell'inevitabile *défaillance*:
il nostro esserci qui e ora induce l'aspettativa che ci sa-

remo sempre – promessa priva di sostanza. Mi piaceva l'idea che da un simile ribaltamento l'egoismo uscisse smussato, che al pensiero della propria morte venisse quasi da chiedere scusa per l'involontario abbandono: anziché preoccuparsi per la propria sorte, chiedersi come sarà, non per noi ma per gli altri.

Adesso dubito di quella mia prima lettura che, lungi dal sembrarmi sintomo di smussato egoismo, umiltà, pensiero alle piante di cui non potremo più prenderci cura, al cagnolino che non nutriremo, mi pare solo un modo ulteriore di darsi importanza, supporsi indispensabili.

A lungo provai tuttavia a percorrere quella traccia. E così, dopo avere immaginato Emily Dickinson impegnata ad affrontare la morte con abnegazione, preoccupandosi solo di cosa ne sarebbe stato del giardino da lei curato una volta che lei non ci fosse più stata, cominciai a pensare a Maria Maddalena. Risorto, Gesù le si era mostrato in abito di giardiniere. Chissà se l'episodio era stato meglio raccontato in quel Vangelo di Maria di Magdala poi perduto nella sua interezza, i cui frammenti dicono troppo poco e il cui messaggio avrebbe potuto essere questo: a redenzione avvenuta, l'umanità potrà vivere sulla terra trasfigurata in un rinnovato paradiso terrestre, con il compito, per ciascun essere umano, di averne cura.

Vagheggiavo che il Vangelo di Maria di Magdala contenesse l'invito a diventare tutti giardinieri. A realizzare infine il compito che un eventuale Creatore avrebbe potuto assegnare all'umanità: sovrintendere al benessere di ogni essere senziente, permettendo a ogni specie di prosperare ma non al punto di compromettere le possibilità di esistenza di ogni altra. Questi miei ragionamenti, e velleità di ricerca, sono stati interrotti prima dal furto di una borsa con dentro i miei appunti, e poi da una sorta di sabbatico concesso a me stessa con l'intento di rinnovare il mio pensiero, quasi mi fosse venuta voglia di vedere se reggeva alla corrosione della mia stessa critica. Così l'impeto dell'ispirazione originaria si è smorzato fino a che, denutrita dall'abbandono, e dal troppo ragionare, si è ridotta a poca cosa. Persa la certezza di avere bene inteso i versi di Emily Dickinson, col sospetto anzi di averli usati a pretesto per sviluppare una mia idea, restava il tema: il giardiniere e la morte. Tanto più che, nel frattempo, la mia salute non era quella di prima.

Un giorno di giugno di qualche anno fa un uomo che diceva di amarmi osservò, con tono di rimprovero, che zoppicavo. Non me n'ero accorta. Era una zoppia quasi impercettibile, poco più di una disarmonia nel passo, un ritmo sbagliato. A lungo non se ne comprese il motivo. La sensazione era che mi si stesse seccando la gamba destra, come talvolta capita che su un albero secchi un ramo. Stavo io stessa appassendo. Morire non era più una speculazione intellettuale, stava realmente accadendo. Molto lentamente e prima del previsto. Lasciandomi forse il tempo di scrivere in presa diretta del giardiniere di fronte alla morte.

Anche se, in un certo senso, non ero più un giardiniere. Non in prima persona, o molto poco. Vangare, zappare, tagliare l'erba, proprio non se ne parlava più. Anche raccogliere era diventato complicato: mi mancava l'equilibrio, prima di staccare frutti e ortaggi dovevo poggiare il mio instabile corpo a un qualche sostegno, spesso un bastone tra le gambe. Posavo il cesto per terra, perché di mani libere ne restava una sola. Col tempo mi

17

sono abituata a considerare il corpo come una sorta di grosso pupazzo che potevo spostare ma non fermare – a meno di trovare dove metterlo, capire come puntellarlo. Bastava un appoggio anche minimo. Un ginocchio contro il bordo di una sedia, la testa contro il muro, anche soltanto un dito contro il tronco di un albero. Compresi che non avrei realizzato il mio desiderio di morire sulle mie gambe. Qualcosa che ero avvezza a considerare mio sacrosanto diritto. Qualcosa di cui, per anni, ero stata fiera in anticipo. Troppo anticipo.

Mi sono abituata. Non solo: da quando ho perso la me stessa di un tempo – quella che attraversava fulminea la città, che camminava instancabile in montagna, che guardava con commiserazione chi si serviva di taxi e mezzi pubblici invece di andare a piedi – non ho più avuto malumori. Non so perché. Forse mi sono resa conto che il tempo è poco, perché mai sprecarlo? O c'è qualcosa di più, in questa paradossale serenità?

Cos'è cambiato nel mio rapporto col giardino?

È cresciuta l'empatia. La consapevolezza che, non diversamente da una pianta, io pure subisco i danni delle intemperie, posso seccare, appassire, perdere pezzi, e soprattutto: non muovermi come vorrei. Lungi dal vedermi come colei da cui dipende il benessere del giardino, mi so esposta alle contingenze, vulnerabile. Se il giardino era stato il luogo dove contemplare metamorfosi e impermanenza, adesso l'accelerazione della corrente mi costringe a rendermi conto di esservi io stessa immersa. Non sono più un osservatore esterno, qualcuno che dispone e amministra. Mi trovo io stessa in balia. Questo ispira un sentimento di fratellanza col giardino, acuisce la sensazione di farne parte. Altrettanto indifesa, altrettanto mortale. Meno sola, in un certo senso. Altrettanto sola?

Se all'inizio mi prendevo cura del giardino, compiendo in piena autosufficienza tutti i lavori, adesso debbo prendermi cura di me stessa. Il tempo prima impiegato potando, scavando buche, bruciando frasche, zappando, falciando l'erba, adesso mi viene rubato dalle cure necessarie a mantenere me stessa in vita. Quasi fossi diventata io il giardino. A lavorare chiamo i giardinieri. Mi aggiro col bastone e indico il da farsi, con la sensazione di essere diventata simile alla vecchia principessa Greta Sturdza, come si vede in una delle foto del libro sulla sua tenuta normanna del Vasterival.

Non sono più la stessa persona. Alla diversa andatura, alla lentezza nel camminare, la circospezione con cui procedo di passo in passo, la cautela con cui considero se valga davvero la pena di muoversi o no, corrisponde una percezione nuova del mondo. Credo che adesso non proverei più lo stesso stupore misto a diffidenza di fronte alle opere di un'artista scandinava che, anni fa, venne a trovarmi nel mio podere. Mentre passeggiavamo, non faceva che chinarsi per raccattare frutti rinsecchiti, foglie appassite, baccelli anneriti dalle intemperie. Bah! avevo pensato tra me, al giorno d'oggi qualsiasi gesto passa per arte. L'avevo lasciata fare, per nulla convinta in cuor mio della qualità o anche solo del senso del suo lavoro. E del tutto indifferente alle sue «ruberie»; dopotutto, quello che raccattava era spazzatura: frutti marci, fiori sfatti, qualsiasi cosa non avesse più corso, uso di mondo.

C'è voluto tempo per cominciare a capire. Non immaginavo tuttavia che, ben presto, mi sarei percepita anch'io come quelle povere cose raccattate, al punto d'incontro tra due energie: conservazione e distruzione. Organismi in decadenza, in bilico tra essere e non essere. Chissà che un momento prima di venir meno non si manifestino, con intensità forse acuita, se non vera e propria bellezza, un pathos, un'espressività insospettati. Quasi che, rendendo l'anima a Dio, le cose sprigionassero, per un attimo e quell'attimo soltanto, una qualità che passa inosservata quando il corpo, godendo perfetta salute, è troppo turgido, troppo opaco, troppo spesso. Troppo materiale.

Adesso che mi sento come uno di quegli scarti, provo una serenità diversa, una serenità per la prima volta vera e profonda. Sprigiona adesso che il corpo ha perso un poco del suo spessore.

La leggerezza interiore nasce forse dal sentirmi libera dalla zavorra terribile del futuro, indifferente al cruccio del passato. Immersa nell'attimo presente, come prima mai era accaduto, faccio finalmente parte del giardino, di quel mondo fluttuante di trasformazioni continue.

Louise mi scrive invitandomi a chiedermi come desidererei vivere se tornassi a star bene, se è la malattia l'unica cosa che mi impedisce di vivere come desidererei.

Saggia domanda. Oggi c'è una luce bellissima. Tornata dalla piscina (ho nuotato quasi un'ora: lì mi sento perfettamente sana, non c'è parte di me che non risponda, perfino i piedi sembrano quelli di sempre – appena esco, però: un pesce fuor d'acqua) ho interrato i bulbi arrivati ieri nel pacco mandatomi per Natale da Fabio. Tulipani, muscari, giunchiglie. Li ho mescolati e piantati in parte nei vasi dove d'estate cresce il basilico, in parte al piede di una rosa e di una camelia. Questo è un lavoro facile, bastano il vanghetto piccolo e lo sforzo minimo, impercettibile di scavare una buchetta per il bulbo. Il sole basso, invernale, gettava ombre lunghe. Avevo i piedi al buio e la faccia illuminata. Mi sentivo leggera. Come desidererei vivere? Così, così come sto vivendo, ho pensato, così come vivevo prima, senza darmi pensiero del corpo. Proprio come prima? No, forse non farei più tutti quei lavori faticosi. Adesso non ne sento più l'attrattiva. Quando le forze scemano, anche il rapporto con le cose materiali si assottiglia. Muoversi con lentezza e concentrazione mi ha insegnato a sincronizzarmi sulla lunghezza d'onda necessaria a percepire sensazioni che prima attraversavo di fretta, con la mente fissa sullo scopo a esclusione di quanto poteva distrarmene.

Mi torna in mente quel brano di Herzen in *Dall'altra sponda*, dove scrive che il canto non ha altro scopo che il canto, la vita non ha altro scopo che la vita. Inutile e gretto volerli subordinare a un fine. Così il mio esserci?

Ho sempre vissuto, anche quando non pareva, tra scopi, progetti, o forse sarebbe più veritiero dire che subivo l'aspettativa di chi da me ne pretendeva. Perché in cuor mio sono sempre stata così, priva di scopi degni di nota.

All'ultimo controllo mi è stato detto che sono peggiorata, che dal secondo motoneurone la malattia si è estesa al primo. Questo in base all'elettromiografia.

L'indomani, mi viene il dubbio di avere influenzato senza volere il risultato dell'analisi col mio desiderio di sentirmi dire che stavo meglio. Da mesi praticavo assiduamente il metodo Grinberg, avevo iniziato una dieta contro le intolleranze alimentari, una terapia chelante per eliminare i metalli pesanti di cui, a quanto pareva, avevo quantitativi abnormi. Mi sentivo bene, al punto che avevo dichiarato che sarei guarita entro la fine del periodo di dieta. Forse il mio desiderio di dimostrarmi viva mi ha indotta a reagire vivacemente, più vivacemente del necessario, agli stimoli elettrici. Non credo di averlo fatto per ingannare, ma spinta dall'entusiasmo di dimostrare la mia perfetta salute, forse nello spirito con cui un tempo affrontavo gli esami universitari. Ignoravo che tali vivaci reazioni sarebbero state prese come sintomo di un peggioramento, considerate scomposte anziché vitali. Chissà se questo dubbio è l'ennesimo tentativo di sfuggire a una realtà incomprensibile. La mente si ribella alla condanna, preferisce supporre di avere senza volere fuorviato il risultato dell'analisi, piuttosto che riconoscere la sconfitta. Il dubbio tuttavia resta. Dopotutto, una elettromiografia può vantare la stessa oggettività di un'analisi del sangue o delle urine? Non ci si trova piuttosto, infilzati dagli aghi, in condizione affini alla particella di Heisenberg, che influenzata dall'osservazione devia? La particella sono io.

Non mi sento peggiorata, anche se non posso negare

di camminare con molta circospezione, di avere scarso equilibrio. Non è escluso che il margine che mi separa dalla sedia a rotelle si sia ulteriormente ridotto. Non quando nuoto, però. Lì è tutto come prima. Forse l'acqua è un elemento più gentile. O forse è la mia antica fantasia di diventare pesce, la mia vocazione marina. Se solo potessi vivere sempre in acqua! Mi basterebbe pochissima energia per galleggiare, uno sforzo minimo per cambiare direzione. Libera dalla gravità, non avvertirei altrettanto la perdita dei motoneuroni. Chiedere diritto d'asilo in un acquario?

Mentre cerco di fare ordine in casa (che fatica adesso spostare libri, vocabolari da un piano all'altro! Che stia per convertirmi all'e-reader?) mi casca l'occhio sul libro di Woodward, *Tra le rovine*. Mi torna in mente la mia fascinazione per l'idea che la vera bellezza affiori negli edifici quando ormai soccombono al tempo, a forze contro cui non sono in grado di resistere – terremoti, ma anche: vento, acqua, tarme, topi. In una parola, l'abbandono. Il mio proposito a lungo, troppo a lungo rimandato di scrivere una botanica delle rovine. Non ho più tempo di farlo, mi chiedo però: adesso che il corpo decade, affiora forse una bellezza d'altro genere? O forse, anche per gli edifici, non è bellezza quella che affiora nel rovinare. Traspare forse l'anima in procinto di andarsene? E che bellezza sia proprio questo, intravedere nella caducità l'invisibile?

Mi sento un'esteta punita. Non che io sia un'esteta in tutto e per tutto, tuttavia: c'è una certa freddezza estetizzante, disumana, nel riconoscere maggiore fascino agli edifici defunti anziché a quelli dove la vita ferve. E poi, può valere per gli esseri animati lo stesso criterio? Puškin – *Eugenio Onegin* (8, III) – vedeva nella natura, a primavera, possibilità di rinnovamento negate invece all'individuo che, di stagione in stagione, invecchia e basta, si sciupa, perde le forze, non può tornare a fiorire.

Quello che mi commuoveva, nelle piante bellissime che crescono come coraggiose pioniere tra le rovine archeologiche, è la vitalità, non la morte. Ricordo Mozia, l'isolotto al largo dello stagnone di Marsala sede del villino pensato da Giuseppe Whitaker per custodire i pezzi della sua collezione, primo tra tutti il Giovinetto. Lì mi ero imbattuta nella splendida ombrella fiorita di *Ammi visnaga*: quella stessa pianta che nei paesi arabi è detta khella, i cui steli essiccati fungono in Oriente da stuzzicadenti. Chissà, forse era arrivata a Mozia dal delta del Nilo, con le navi dei fenici che nell'isolotto avevano stabilito la loro colonia. In ogni caso, non è escluso che questa sontuosa pianta, amante dei suoli sabbiosi sia l'unica discendente sopravvissuta tal quale da quei tempi lontani. Con la sua statura di quasi un metro e mezzo, le grandi foglie grigio verde e i fusti che irradiano in un centinaio di fioriture bianche, troneggiava tra carrubi e cipressi, mirti e lentischi, filliree e terebinti, pini di Aleppo, cisti e aloe spinose dai fiori corallini. Tornata poi a Mozia a estate inoltrata, quando ormai ogni petalo era caduto, avevo trovato spirali di chioccioline bianco gesso incollate a steli ormai secchi, delicate quanto fioriture di gaura. Un'altra magnifica «flora ruderale» – termine tecnico che rende assai poco lo splendore di quella vibrazione di vita e trasfigurazione di luce – l'avevo trovata alle spalle del teatro greco di Palaz-

zolo Acreide, aggirandomi tra tombe rupestri ingentilite
da acanti, carote spontanee sbocciate in trine di un raffi-
nato bianco opaco, e luminosi cardi gialli. Vi spirava una
tale grazia, da suggerire che la funzione delle magnifiche
rovine fosse incorniciare degnamente le tanto più umili
piante. Scendendo – accompagnata come d'obbligo dalla
guida – verso i cosiddetti Santoni (meglio sarebbe dire
Santone, trattandosi di raffigurazioni, uniche in Europa,
legate al culto della dea Cibele) mi ero rallegrata cammin
facendo per la ricchezza della vegetazione. Finché la guida non si era scusata per la presenza di tutte quelle erbacce, e io ero inorridita al pensiero del ripulisti incombente.
Mi piacerebbe poter tornare in quei posti.

Sicuramente non sono più attraente agli occhi altrui,
tuttavia: mi sento adesso più che mai connessa interior-
mente a una sorta di bellezza e armonia impalpabili. Una
bellezza che va rivelandosi mano a mano che, con lo spe-
gnersi, si estingue la sicumera dell'io, l'attaccamento al
mondo. Mi sento riassorbire in qualcosa più vasto di me.

Estasi: uscire da sé.

Ripenso allora alla domanda di Louise, come mi
piacerebbe vivere. Posso dire questo: da bambina non
immaginavo un futuro accanto a un uomo, di avere dei
bambini, una famiglia. Immaginavo di andare a vivere in
un bosco e nutrirmi di bacche e radici. Per misantropia?
Sfiducia verso gli esseri umani? Non credo, piuttosto:
inclinazione ad assaporare la gioia muta, sommessa, del
silenzio, della contemplazione. Le ricchezze invisibili.

Durante un ritiro il maestro di meditazione aveva detto: accettate di essere qualcosa d'indefinito. Siamo così attaccati a noi stessi, all'idea di un sé separato con una personalità inconfondibile. Quanto ci diamo da fare per mostrarci unici, costruire un individuo fuori dall'ordinario. Quanta resistenza all'idea di restare invece indefiniti. Confondibili con il resto. Non venire notati, scomparire inosservati. Che paura! Mentre un saggio aveva suggerito: vivi nascosto.

Oggi, metà dicembre, una bella giornata di sole. Dopo avere fatto fare i buchi nella protezione dei limoni, di modo che li si possa innaffiare (per me sollevare l'annaffiatoio pieno non è facile, perdo l'equilibrio), ho fatto una passeggiata in giardino insieme a Macchia. Era da un po' che non andavo nel Bosco Occidentale. Arrivata in fondo, ho sentito un gran rumore di colpi. Cosa staranno mai costruendo? Era il vicino, spaccava la legna. Complimentatami per la nuova serra, ho notato che aveva piantato una siepe di allori lungo il confine. Non un'idea geniale, a così poca distanza dall'orto, avrà a rammaricarsene. Il vicino, pensando mi preoccupassi per me, mi ha assicurato che l'avrebbe tenuta bassa. Ma lo dico per lei, ho ripetuto, per poi suggerirgli, come recinzione, una serie di meli e peri tenuti bassi a cordone: così la luce passa d'inverno, e ci sono i frutti. Mi è parso dispiaciuto di togliere i piccoli allori appena piantati, che aveva trovato nel bosco. Anche preoccupato di non spendere troppo. Chiacchierando, ha preso a lodarmi per la mia conoscenza delle piante – ha letto un mio libro – per come tengo il podere, per i grandi lavori che faccio da sola – potare, falciare l'erba. «Lo dico a tutti, la mia vicina è straordinaria». Mi è suonato come un necrologio. Forse non ha notato il bastone? O forse sperava gli dicessi qualcosa? Non ho avuto voglia di spiegargli che sono malata, che non posso più potare e falciare. Prima o poi se ne accorgerà, vedendo un altro dietro il tosaerba, o forse se ne è già accorto e voleva indurmi a confidenze. Mi ha chiesto consiglio per i frutti. Quando l'ho invitato a prendersi qualche mela, mi ha detto che c'era già stato, a curiosare e vedere cosa avevo piantato, era andato anche al vivaio Monti per sapere il nome delle mie mele. Gli ho chiesto il numero di telefono, gli darò i nomi. Non me li ricordo tutti, e poi non ho capito bene quali sono queste mele schiacciate che gli piacciono tanto. Quelle dalla fragranza di ananas, probabilmente.

Ho colto i primi asparagi. O meglio – ho innaffiato l'orto, questo riesco a farlo sia pure lentamente, nella mano destra il bastone, nella sinistra la canna dell'acqua. Chinarsi per cogliere è più complicato. Potrei farlo a quattro zampe, ho anche trovato il modo di alzarmi in piedi da seduta sui talloni, facendo forza sulle mani posate davanti per terra, dandomi una spintarella in avanti e poi sollevandomi. Non sono però sicura che questo funzioni sempre, e poi non ho avuto voglia di cambiarmi i pantaloni o mettermi i sovrapantaloni da giardino, quelli rinforzati al ginocchio con dell'incerata. Così ho chiesto a Lenuca, la donna delle pulizie, di cogliermeli lei. Le ho spiegato come si usa il cava asparagi. Lì per lì ne ha rotto qualcuno, poi ha capito che occorre spingere l'attrezzo quasi parallelo al gambo, andare a fondo dopodiché con un colpetto spezzarlo senza danneggiare le radici. Per me sola ne bastano pochi. La sera li ho cotti al vapore e li ho mangiati con un filetto di trota e tanto olio d'oliva – l'olio è importante per assimilare l'enzima Q10 che prendo all'ora di cena.

Sono venuti i giardinieri, mi aggiro a dare ordini. Immancabile si riaffaccia alla mente l'immagine del Vasterival, con la vecchia principessa Greta Sturdza, elegantissima e ossuta, che indica il da farsi con la punta del bastone. Fa un po' scettro un po' giocattolo, il bastone. Mi piace usarlo. Ha qualcosa di rassicurante. È un po' come dire: siccome questo talismano di autorevolezza e anzianità lo brandisco io, mi si deve dare retta, mi si deve obbedire, mi si deve assecondare. Quanto mi imbarazza confessarlo. Dovrebbe restare un mio gongolare segreto, guai a rivelarlo. Ma tanto queste righe chissà mai quando capiteranno sotto un naso estraneo. Mio padre ha sempre camminato col bastone, anche quando stava benissimo e non ne aveva proprio bisogno. Non riusciva nemmeno a concepire di uscire di casa senza il suo bastone. O meglio – uno dei suoi bastoni, ne aveva una collezione. C'è stata un'epoca in cui ogni gentiluomo usciva così – retaggio di tempi feudali in cui il diritto di girare armati era privilegio signorile, suppongo. Col bastone si può colpire oltre che sostenere un passo malfermo. Il bastone incute timore, rispetto. Il bastone è qualcosa cui aggrapparsi quando tutto crolla. Indagare questa storia del bastone. Certo col bastone in mano è difficile sentirsi soli. Il piccolo bastone – *baton* – del direttore d'orchestra. *Baton* per gli inglesi, ma *baguette* – bacchetta – in francese per il direttore, *canne* per chi l'usa per camminare. Col bastone in mano indicavo ieri a Lenuca gli asparagi, oggi a Giulio, il nuovo giardiniere singalese, i porri da cogliere.

Col bastone in mano penso non mi farei più mettere sotto da nessuno. Terrei testa. Questo bastone davvero mi mette allegria. Asseconda la mia vocazione al dispotismo. Quanto mi piace, dire agli altri cosa devono fare. Ci voleva di ammalarsi, per scoprire quanto dare disposizioni sia in fondo più gratificante di una faticosa autosufficienza. Era per moralismo, prima, che m'imponevo di fare tutto da sola. Adesso, malata, posso godermi in segreto un privilegio eticamente sospetto.

Un'altra splendida giornata d'aprile. A Giulio ho fatto mettere in orto le piantine prese ieri quando c'era Giovanni a potare il fico – zucchini quattro, cetrioli sei, cavoli neri sei, cavoli verza quattro, semi di fagiolini gobbi una scatola, tagete otto, fragole dieci, dalie due, zampe di asparagi violetti dieci. Mentre Giulio lavorava in orto, me ne sono andata a spasso in giardino.

Questo è l'anno che mi sono innamorata dei tulipani. Li avevo sempre considerati fiori frigidi, innaturali, privi di fragranza, freddi, artefatti, vistosi, volgari. Nonostante questo, ne avevo piantati diversi – i primi regalatimi dalla zia (impossibile non piantare fiori regalati dalla zia). Poi ogni anno, per un po', ho ricevuto, a mo' di promozione pubblicitaria, una bella scatola quadrata di cartone verde coi fori – anche lì, come fare a non piantarli. Ma li mettevo in punti non tanto in evidenza – sulle balze, appena sopra la fossa, dispersi nei prati. Poi ha cominciato a mandarmene Fabio – a Natale, pacchi di bulbi di seconda mano, già utilizzati nei terrazzi che cura a Milano, dove ci vuole sempre qualcosa di nuovo.

Ogni anno, lo stupore di vederli fiorire – superata la diffidenza iniziale, dimenticato il pregiudizio, mi accorgo di quanta allegria mi mettano, di quanto siano semplicemente belli, con quei colori densi e interessanti – quelli screziati con le barbe, quelli a righine, quelli cremisi con le frange, gli incantevoli tulipani botanici rosa striati di chiaro, i botanici gialli, certi tulipani arancioni venati di verdognolo, altri che su un unico stelo ne portano tre o cinque addirittura. Fino ad ammirare i più ovvi, banali, schietti di tutti – quelli interamente rossi, o gialli tutti d'un pezzo – meravigliosi pure loro, i tulipani da supermercato. Mi chiedo quale sia il segreto di un fascino che mi ha colta di sorpresa – forse vederli affiorare nell'erba alta, scintillante di aprile, che ne nasconde gli steli/piedistalli, ne lascia ondeggiare le teste insieme alle spighe e all'erba quando soffia il vento. Piantato alla rinfusa, lasciato mescolare a tutto il resto, rosso nel verde, il tulipano si è emancipato da quel suo triste aspetto di souvenir d'Olanda, da quel che di dozzinale gli proviene da un impianto di vivaismo industriale. Quella *naissance* lo degrada a fiore-oggetto, mentre invece è un fiore come tutti gli altri, e non è giusto che appaia solitario sopra un nudo stelo, alla stregua di cosa esposta su un supporto. Nudo, isolato, quello stelo/piedistallo/obelisco trasforma il fiore in oggetto da vetrina. Che vergogna deve provare un tulipano quando si trova costretto a offrirsi impudico allo sguardo come un corpo sul tavolo dell'anatomista, e quanto più spensierato e libero appare quando occhieggia scarlatto nel mare verde dell'erba, indifferente a noi umani nella ressa di altre creature a lui simili, gioiosamente perso nella folla.

A meno che non sia infine arrivata ad amare i tulipani perché non sono più la giardiniera di prima, quella che faceva tutto da sola, e teneva in spregio chi le mani nella terra le faceva mettere agli altri, limitandosi ai piaceri dell'ozio. Non è giusto tuttavia dirmi completamente oziosa. Qualcosa pianto pure io, quello che riesco. L'altro giorno gli erigeron tolti dal terrazzo della mamma e sostituiti con le viole cornute, la settimana prima le aquilegie regalatemi da un giardiniere inglese. È stato bello riuscirci, grazie a quell'accorgimento di risalita dalla posizione in ginocchio inventato dopo il mese di antibiotici per endovena, forse anche solo l'idea di provarci è già un risultato di quella strana cura. A dire il vero mi ero prefissata di guarire entro marzo. Marzo perché era la fine della dieta prescritta dalla dottoressa di Alghero, e sarei stata a buon punto con la terapia chelante contro i metalli pesanti.

Forse non è poi così terribile che le forze lentamente scemino. Andarsene bisogna pure in qualche modo. Chi come me vive in solitudine fatica a rendersi conto che arriva il momento di cedere il passo, che la vita è fatta di fasi e non si resta identici fino alla fine. Suppongo che se invece mi trovassi a vivere in questo mio podere non da sola, ma con una famiglia, con figli e nipoti, abitando la campagna come si faceva oltre mezzo secolo fa, coltivando sul serio, con la terra che deve nutrire chi ci vive e rendere a chi la possiede, sarebbe diverso. In modo naturale, impercettibile quasi, a un certo punto altri svolgerebbero i lavori prima svolti da me, mentre io come tutti i vecchi verrei messa da parte, ma poco per volta, quasi senza accorgermene. Mi resterebbero poche occupazioni leggere. Non per questo cesserei di amare questa campagna, ma come da lontano, con le mani sempre meno nella terra. E poi avrei dei piccolini a cui raccontare storie, a cui trasmettere quello che merita sapere.

La malattia si distingue in questo: impone un'accelerazione a un processo di perdita che, semplicemente invecchiando, resterebbe impercettibile. Ripenso ai versi di Emily Dickinson. *I haven't told my garden yet* – qui si pensava a una morte repentina, come un venire rapiti, misticamente quasi, nell'Ignoto. Un abbandono improvviso. Ma non è così che sta avvenendo. Perdo le forze poco per volta, non arrivo a ingannare davvero il giardino, a deluderne le aspettative. E poi non siamo più noi due da soli, in tre a includere Macchia: la malattia intreccia tutta una rete di relazioni. C'è sempre un chiacchiericcio di fondo, sempre gente in casa, restare soli con se stessi è un lusso raro, trovarsi faccia a faccia con l'Ignoto uno stato di grazia. Il mio giardino non si stupirà più di tanto a non vedere più, un giorno, chi tanto amava occuparsene. Ecco, ho infilato tutta una serie di sciocchezze – me lo sentivo, che mi avrebbe portata fuori strada partire da Emily Dickinson prendendo alla lettera l'idea che mi aveva colpita alla prima lettura. Che fortuna, che quei miei primi appunti siano spariti insieme a una borsa rubata, anni fa, dalla Panda lasciata al limitare di un campo mentre mi aggiravo tra i vapori del Bulicame.

Che fortuna, in generale, che non sia possibile scrivere tutto quello che passa per la testa, senza disciplina, senza ombra di rigore, mentre ci si aggira in giardino. Perché spesso sono solo fantasticherie, *rêveries* prive di sostanza e costrutto. È la mente che si riposa giocando, prendendo tutto quello che capita a tiro per farne costruzioni inconsistenti come bolle di sapone. Il gusto è proprio questo – nessuno a cui rendere conto. Pensieri e immagini fluttuano, sbadigliano, si stiracchiano, godono dell'assenza del sorvegliante. Libera uscita. Se ci si incapriccia di immaginare il giardino pieno di aspettative che noi potremmo deludere, che male c'è, è una fantasia affettuosa. Certo smussa lo sgomento in agguato.

A questo proposito, un amico filosofo mi ha letto appunti di una sua conferenza sul giardino. Non ricordo chi citava circa l'attribuire sentimenti agli oggetti inanimati.

Resta che uno dei più grandi piaceri delle ore in giardino è proprio la licenza di fantasticare senza imbarazzo. Per forza – le mani sono occupate, gambe e schiena pure, si lavora duramente. Che male c'è, se la testa se ne va per i fatti suoi, non è quello il lavoro vero. La testa può anche prendersi una vacanza. E così, mentre dall'esterno pare di vedere persone seriamente occupate con qualcosa di utile e necessario, non abbiamo la minima idea di dove stiano realmente vagando i pensieri. È questa la grande, esilarante libertà dei giardinieri.

Sarebbero dunque pensieri oziosi, quelli che vengono in giardino? Già questo è un giudizio, già esprimendomi così accetto il verdetto di un tribunale estraneo. Il famoso tribunale della ragione? Quanto è ingombrante, quel tribunale, com'è difficile sottrarsi alla sua giurisdizione.

In giardino, tuttavia, si può cercare scampo. Respirare non visti. In quella dimensione incerta, tra chiazze di luce e macchie d'ombra, là dove i contorni si confondono, si entra in una zona franca, dove tutto è permesso, possiamo inanellare frasi per il divertimento di farlo, per il capriccio di plasmare una congettura, azzardare un'interpretazione, figurarsi un piacere. Quanto è triste potersi concedere solo un uso legittimo della ragione. Fin da piccola ho avvertito la cappa opprimente della razionalità. Mia nonna, certa nella fede, mi aveva insegnato a pregare il buon Dio. Con termini smaliziati, si potrebbe dire che mi aveva trasmesso i rudimenti di quel grande romanzo chiamato religione, con i suoi drammi, le sue immagini, i suoi simboli. La mia piccola mente amava passeggiare in quegli scenari. Una straordinaria ricchezza di giocattoli, certo più avvincente del Lego, delle bambole, o dei trenini. Una sera osai dire che di sicuro Dio doveva esistere, come spiegare altrimenti la presenza nostra e del mondo. La mia filosofica Maman replicò tagliente e implacabile – e Dio, chi l'ha creato? Non seppi cosa rispondere, e ne provai dolore. Sapore triste di sconfitta. Da allora ho sempre temuto il raziocinio materno. Perché di ogni cosa di cui io mi dilettassi – amicizie, passioni, scoperte – sempre trovava il punto debole, il modo di fare crollare e svaporare gli elementi con cui andavo costruendo il mio teatrino. Mia madre, certo, è molto più intelligente di me, sono innumerevoli le occasioni in cui ho dovuto riconoscerlo. Eppure. Verso i quindici anni dipinsi una grande tela che esprimeva questo mio sentimento, di una razionalità che ambiva a distruggermi. Sulla sinistra, il mio mondo felice: una donna nuda, distesa su un prato, impermeabile all'ombra proiettata da un boschetto d'aranci. Un'altra donna, anch'essa nuda, passeggia suonando un flauto, mentre in cielo, nudi come ogni creatura di quell'Eden felice, un uomo alato vola, un altro riposa disteso su di una sfera. Sul lato destro, il mondo degli esseri razionali: cupo, pieno d'ombre, sovrastato da un cielo da cui uomini tristi precipitano, oppure restano intrappolati dentro sfere sigillate, mentre altri dalle unghie adunche, acquattati tra i cespugli della siepe di confine, protendono gli artigli pronti a invadere e distruggere gli esseri felici da loro tanto invidiati. Era il mondo materno da cui, adolescente, mi sentivo minacciata. Consideravo la razionalità il dominio delle tenebre, il regno della Regina della Notte, mentre la spensieratezza era per me una terra di luce e di libertà.

In quel quadro, l'ho capito dopo, prefiguravo il mio rifugiarmi in giardino. La cosa singolare è che il paesaggio di quel mio dipinto ricorda, con quelle colline dolci e azzurrognole sullo sfondo, il podere dove sarei andata a vivere. Adesso, a quasi mezzo secolo di distanza, penso questo, che la vita si manifesta in una molteplicità di forme, nessuna passerebbe al vaglio del tribunale severo della logica. Ogni pensiero, ogni fantasia ha la sua ragion d'essere, sgorga da qualcosa di cui non sempre è possibile individuare la fonte: bisogna lasciarli essere, guai a reprimerli. Come ogni cosa viva, anche la mente ha bisogno di giocare. Non può sempre e soltanto lavorare, attenersi alle regole di un enunciato verificabile e dimostrabile. Nella solitudine del giardino, all'ombra di una quercia, senza imporre nulla a nessuno, è piacevole abbandonarsi a una deliziosa spensieratezza, lasciare che idee e immagini si formino e disfino con la stessa inconsequenzialità delle nuvole in cielo.

Limpidezza dell'essere soli al mondo.

L'anticamera della morte può essere assai piacevole. Oggi pomeriggio mi sono messa a leggere la *New York Review of Books* sotto la loggia, seduta su una poltrona nuova che ho comprato per la pergola con vista sul versante orientale del Monte Pisano, quello più verde. Non l'ho ancora fatta portare laggiù perché prima va trattata con olio da tek. Da quella poltrona di doghe di legno, una prospettiva nuova e bella. Lo sguardo percorre il viale d'erba rasata tra l'orto e il giardino formale, approda ai susini, ai lillà in fiore, sbircia le cime dei cipressi che affiorano oltre il frutteto. Macchia borbotta perché vuole che le tiri un legnetto. Mi alzo un paio di volte, finché me lo depone un po' più vicino così che lo posso tirare a me col manico del bastone. Intanto mi godo il giardino come non avevo mai fatto – seduta senza far niente, come se fossi un ospite. Invece di alzarmi subito perché mi è venuto in mente qualcosa da fare.

Buffo come la memoria vada e venga. Vedo Gabriele, il giardiniere chiamato a ripulire il confine, in piedi dietro il vetro di cucina, con una foglia in mano. Capisco che vuole chiedermene il nome, in quel momento mi arriva. *Galega officinalis*. Erano giorni che ci pensavo, non voleva tornarmi in mente. L'avevo piantata anni fa nell'orto, è una leguminosa, fa un bel fiore lillà pallido, ma perché l'ho messa nell'orto, e a che scopo, e dove l'ho presa, non lo ricordo più.

Ammalarsi è stato un repentino passaggio da una sensazione di gioventù a una di vecchiaia. E così anche il pensare la morte, rispetto a qualche anno fa, è mutato. Prima era metafisica. Adesso è qualcosa di molto, forse troppo corporale.

Metafisica: non esserci più. Sparire. Abbandonare. Il nulla. L'aldilà, per chi ami congetturarne l'esistenza. Fisica: il corpo s'indebolisce. Le gambe non reggono. Traballo, rischio di cadere. Potrebbe diminuire la capacità di respirare. Morte per soffocamento. Mi è impossibile pensare alla gola che si chiude, ai polmoni che non riescono a riempirsi di ossigeno, come al nulla. Il nulla non dovrebbe poter serrare d'angoscia. Dovrebbe essere innocuo, il nulla. Mentre all'idea di venire privati del respiro, in una notte d'insonnia può capitare di immaginare una morte barocca, uno scheletro ilare, chiaro come un fantasma notturno, che si avvicina per stringere la gola. Scaccio l'immagine e cerco di calmarmi. I polmoni non sono ancora peggiorati. Ma ho commesso l'imprudenza di accompagnare un'amica al bagno turco, parte del percorso termale di Acqui. In quei vapori, in quel concentrato d'afa – e dire che non ignoro quanto l'afa sia insopportabile per chi soffra di un disturbo neurologico – ho provato la sensazione fisica di soffocare, la paura di svenire. Sono uscita, ma da allora l'immaginazione dispone del materiale necessario a simulare una crisi di soffocamento. Che arriva puntuale ogni notte.

Mi torna in mente mio padre: dormiva con una lucina accesa perché aveva paura del buio, si lamentava di dovere dormire da solo. Non lo capivo. Mi sembravano bizze. Adesso capisco che può accadere – qualcosa d'irrazionale può rivelarsi più forte. Cos'è questo caos che irrompe? Questo lento morire mi fa sentire simile al giardino – scomparirebbe anch'esso, reinghiottito dalla natura, se qualcun altro non se ne prendesse costantemente cura. Mentre affiora l'irrazionale, la malattia mi costringe a prendermi cura del corpo senza più troppo pensiero per il giardino, quasi il corpo fosse diventato un mio più urgente campicello minacciato non tanto dal selvatico, non tanto dalle cosiddette erbacce, ma da qualcosa di indefinito che ne mina dall'interno la vitalità. Sarà anche il nulla, la meta finale. Di cruciale importanza, tuttavia, il mezzo di trasporto per arrivarci. Morire soffocati è come viaggiare pigiati in un carro bestiame.

Perché mai i giardinieri non dovrebbero andare anche loro in pensione? Oggi è venuto Giulio, è un piacere come tiene l'orto, con quale grazia prepara il cestino degli ortaggi, con la rucola ben legata, gli asparagi a mazzo, le foglie di bietola, i cespi di riccia e di pesciatina disposti con spiccato senso estetico. Curioso come questo omone nato a Nainamadama, sulla costa occidentale dello Sri Lanka, abbia gesti pieni di delicatezza, cura nel vestirsi, e capisca al volo come mantenere un'armonia tra selvatico e coltivato. Oggi gli ho finalmente dato il permesso di tagliare l'erba sotto la pergola dietro la cucina – ha usato prima la frullana, caricando l'erba – quanta! – sulla carriola, non una, ma due, tre, non so quante volte, ha ripassato con il tosaerba, i bordi li ha rifiniti col falcetto. Poi ha legato le viti, ha ripreso i passaggi, ha tolto i bambù che avevano ricominciato a spuntare lungo la strada.

Io mi sono limitata a qualche suggerimento – quale tipo di forbice usare per contenere la pervinca, come riempire una zona vuota del bordo con gli erigeron. In fondo, si sta realizzando quanto in cuor mio avevo sempre sentito, avvertendo un tempo con stupore, quando ancora lavoravo duro, lo scarto tra la rapidità con cui pensavo un progetto e le ore infinite necessarie a realizzarlo. Adesso, costretta all'ozio, ho solo da pensare, immaginare, progettare. È talmente riposante! Non escludo che il godimento del giardino ne sia in realtà accresciuto: liberi da stanchezza e sudore, se ne avverte solo la leggiadria. Mi manca, tuttavia, la soddisfazione profonda, carnale, nell'intimo di ogni fibra, di quando, sfinita dopo un corpo a corpo con la terra, mi restava appena la forza di compiacermi di quanto avevo realizzato.

Debole di carattere, mi sono lasciata influenzare: sono caduta vittima dei consigli. Vedi questo, senti quello. Due anni forse dispersi in visite senza costrutto. Se non sulle cure, c'era stata a lungo una certa misura di consenso sulla diagnosi: malattia del motoneurone. Finché una dottoressa di Roma, forse una stupida, alla seconda visita ha detto che se proprio ho qualcosa, questo qualcosa è sclerosi multipla. La sua macchinetta a frequenze ha registrato segni di demielinizzazione. Quella che è in teoria una buona notizia mi fa precipitare nello sconforto. Non mi fido più di questa dottoressa che mi ha prescritto un mese di antibiotici endovena contro la borreliosi, per poi dirmi che i batteri ci sono ancora, e comunque sono un problema in secondo piano. Non ha la faccia tanto intelligente, la sua sicurezza comincia a parermi indizio di mediocrità. Tuttavia il dubbio: e se fosse vero? Mi affanno a cercare altri pareri, mi lascio quasi indurre da un amico a tentare un viaggio alla celebre Clinica Mayo, per poi sentirmi sempre più infelice all'idea del viaggio. Mi sgomenta andare a curarmi così lontano, mi spaventa trovarmi in una cittadina della provincia americana, in un albergone anonimo. Vorrei restarmene nel mio giardino, scrivere il mio libro, non consumarmi nella ricerca vana della cura. Penso ad Amos – alla sua scelta di restarsene tranquillo a Buggiano, farsi curare localmente, non affannarsi alla ricerca di chi sa cosa. Godendo il paesaggio di colline dalla terrazza di casa. L'avvicinarsi della morte lo aveva addolcito, era diventato così gentile, attento come non era mai stato a chi aveva intorno. Aveva come smesso di preoccuparsi di se stesso. Una morte esemplare.

Forse questo bisogna fare nel tempo che resta. Non disperderlo in tentativi vani, ma concentrarsi e sfrondare, più che mai sfrondare. Accettare serenamente la fine.

Perché ostinarsi a volere una vita più lunga? Una cosa soltanto: trovare il modo di andarsene prima di avere perso ogni forza. Ci riuscirò?

Non è detto. Sono andata nell'orto a cogliere tre zucchini per stasera – i primi della stagione, della mia quantomeno. Li avevo adocchiati ieri, con splendidi immensi fiori che certo avrebbero meritato un ripieno o una buona frittura. Oggi erano già un po' sciupati, gli zucchini invece giusti da cogliere. Questa piccola spedizione mi è costata fatica e attenzione, per non cadere. Ho lasciato perdere gli zucchini, non riuscivo a raggiungerli dal vialetto. Se mi fossi cambiata, se avessi indossato i copribrache con le ginocchiere, avrei potuto arrivarci a quattro zampe. Sempre però con l'incognita: e rialzarsi, poi?

Non c'è dubbio. Sono peggiorata rispetto all'anno scorso. Nemmeno l'albicocco sta tanto bene: ha sempre sofferto di gommosi, quest'anno ha un grosso ramo secco. Forse sta morendo. Con un po' di fortuna, riuscirò a vivere ancora questa estate.

È per Macchia che cerco di restare – i cani si ritrovano talmente indifesi, quando muore chi se ne prende cura. Non possono decidere nulla della loro vita. Non dico che agli umani non importi nulla della mia scomparsa, solo che non dipendono da me. È per Macchia e per il giardino che è veramente indispensabile trovare qualcuno che prenda il mio posto.

È davvero naturale il pensiero dell'aldilà? O è solo una preoccupazione in più? Bene, sto morendo poco per volta. Come ogni cosa. Solo che adesso sono costretta a rendermene conto perché le forze non sono quelle di prima. Ieri per esempio mi sono accorta che la pioggia aveva buttato giù la rosa sul cancello. Rischiavo di non poterlo più aprire abbastanza da passare con l'auto. Per non trovarmi chiusa dentro, ho chiamato Lenuca perché tagliasse lei i rami. Una cosetta da niente, che normalmente avrei fatto io senza nemmeno pensarci. La routine del vivere in giardino: un lavoretto qua, uno là, mentre si passeggia pensando ad altro, gironzolando alla ricerca delle sorprese che ogni giornata riserva. Invece non potevo, o meglio: non valeva la pena provare, sarebbe costato troppo e avrei rischiato di cadere. Poi chissà se ci sarei riuscita. È chiaro, non sarò mai più un giardiniere come lo intendo io, un giardiniere in grado di stare veramente insieme al giardino, di viverlo. Questa non è che una proroga, possibile soltanto grazie a mille protesi: il bastone, la molla di Codeville, le pasticche rallentanti, le persone che mi aiutano, il denaro che mi permette di pagarle. Una proroga di riflessione, ma anche di piacere. Un tempo prezioso.

Non mi piace la morte che coglie troppo di sorpresa. Non perché condivida la retorica del vivere la morte. Ma perché sono convinta sia qui, su questa terra, la nostra unica occasione di sperimentare quella che un tantino pomposamente viene definita eternità, mentre forse è solo un andare controcorrente nella fiumana del tempo. Sapere prossima la fine aiuta a pensare.

L'aldilà, dunque. Non mi pare di essere tanto diversa dall'albicocco che se ne sta andando, dal giardino che si trasforma e un giorno, quando non ci sarà più nessuno a prendersene cura, si confonderà con tutto il resto, conservando più a lungo gli alberi capaci di affermarsi nei secoli. Se mi avessero educata a credere seriamente nell'aldilà, nel giudizio finale, mi sarebbe più difficile vivere quanto sta accadendo. Indifferente alle sorti del corpo, distratta rispetto al giardino, avrei la mente occupata dall'ansia, dal calcolo retrospettivo, da speranza e paura. E non proverei probabilmente molta empatia per le altre creature contingenti e caduche tra cui vivo. Come chi sta per emigrare in un altro paese comincia a guardare con estraneità il mondo in cui ha sino a quel momento vissuto.

Nonostante tutto, ho voglia di fare io una cosa che non saprei bene come affidare ad altri. C'è da pulire dentro le siepi di bosso, per liberare i finocchi selvatici che avevo trapiantato a novembre, e anche nell'aiuola delle peonie, dove un paio di mesi fa ho messo gli ellebori di Corsica, gli erigeron e le iris algerine. Adesso è tutto soffocato dall'erba, e chissà se i piccoli erigeron sono riusciti a respirare. Mi metterò i copribrache, ci andrò a quattro zampe, e speriamo di riuscire a rimettersi in piedi.

Ci sono riuscita. Una piccola soddisfazione. Rassicurante: qualcosa posso fare. Ellebori ed erigeron ci sono ancora; adesso, liberati dall'incombere di silene e ranuncoli, dall'abbraccio di melissa e artemisia argentea (dispiace strappare quelle belle foglie per dare spazio alle piante piccoline bisognose di protezione) staranno meglio, potranno finalmente godersi i raggi del sole. Era ancora bagnato per terra, con queste piogge di maggio che poi d'estate saranno ricordate come una benedizione. Per fortuna quei meravigliosi copribrache comprati non so quanti anni fa hanno le ginocchiere impermeabili. Anche così, sui pantaloni le ginocchia sono umide. Ma non ho voglia di cambiarmi, andrò ad asciugarmi al sole. E poi più tardi, tra qualche giorno, vorrei provare coi finocchi. Anche se, certo, non devo esagerare. Questa volta sono riuscita ad alzarmi perché gli erigeron sono vicini ai grandi sassi intorno al fico, lì mi sono appoggiata. La peonia soffocata dalla melissa non aveva appigli vicini, ma puntellandomi sul bastone un poco mi sono sollevata, per ricadere però a terra. Posizione adatta a mettermi seduta sui talloni e da lì spingermi in avanti e poi in piedi, come negli anni in cui potevo ancora fare il saluto al sole.

Col sostegno del bastone, certo. È stato bello in quell'ora
fresca del mattino inspirare gli aromi della menta, della melissa, dell'artemisia, guardare la felicità delle piante ancora umide. E la luce era dolce. Avevo l'abitudine,
quando mi sentivo stanca o di cattivo umore, di andare
fuori, a prendere energia dal contatto con la terra. Credo
sia ancora possibile.

Un poco, solo un poco. Ma sto imparando ad apprezzare la metonimia, ad accontentarmi della parte
per il tutto. Un paio di settimane fa sono stata a trovare
Marco Martella che mi ha invitata per la presentazione
del numero dedicato all'ombra di *Jardins*, la rivista da
lui diretta, dove c'è anche un mio testo. Mi ha ospitata
nella sua bella casa di Saint-Loup-de-Naud. Un villaggio
piccolissimo, seminascosto nei dintorni di Parigi. Le finestre danno sulla chiesa consacrata nel XII secolo, solida
e rassicurante nella sua eleganza. Pare quasi di averla in
giardino, perché non ci sono recinzioni, tra quel po' di
terreno all'ingresso di casa e la chiesa. Ho avuto lì l'intuizione del fascino della campagna francese, che chissà
perché non ho mai veramente visitato. Ho viaggiato talmente poco: centellinavo per paura non mi restasse più
niente da scoprire nel resto di una vita che immaginavo
lunghissima. Adesso quella piccola parte, quei due giorni
a Saint-Loup, saranno per me la sintesi dell'intero paese.
Mi basta, mi deve bastare, conservare quel ricordo, quelle sensazioni. Non è più possibile pensare di completare
il quadro, nemmeno ripetere.

Tra i testi di questo ultimo numero di *Jardins* quello
che mi è piaciuto più di tutti porta la firma di un poeta

bosniaco, Teodor Cerić. Mi sono così ricordata di avere già notato questo nome nel numero dedicato al tempo, e sono andata a riprenderlo. «Éden et Gethsémani: le jardin de Derek Jarman», il titolo. Più il tempo passa, più i giardini mi annoiano – così inizia. Sottoscrivo, solo che non avevo ancora osato confessarlo. Continuo a leggere con piacere, finché mi accorgo che non sono la prima a scrivere del giardiniere e la morte: lo ha già fatto Jarman. Avevo letto tanto tempo fa, quando ancora ritenevo di avere una salute di ferro, il libro sul suo giardino, mi era piaciuto, salvo irritarmi con quella che mi era parsa una teatralizzazione della morte stile John Donne. Adesso sono pronta a vedere la cosa da un altro punto di vista. Leggerò gli altri suoi libri.

Ecco intanto quanto ne scrive Teodor Cerić. Jarman è attratto dalla desolazione di Dungeness, sulla costa meridionale del Kent, a pochi passi da una centrale nucleare. Sieropositivo e poi malato di Aids, non cerca distrazioni dal pensiero della morte, desidera anzi addentrarvisi. Per qualche anno vive nella capanna di pescatori che vi ha acquistato – Prospect Cottage – finché un giorno, trovati per caso gli attrezzi da giardinaggio di quando era ragazzo, li riprende in mano. E comincia a pensare un giardino. Prima era stato soltanto: la centrale nucleare con il rumore di fondo del mare. Un simbolo di morte e uno del tempo. In questo scenario, il giardino. Mi chiedo se, nel volerlo, non sia entrato in gioco l'impulso a crearsi un compagno di cui condividere la mortalità. Impermanenti entrambi di fronte al tempo e alla morte, il giardino deve avergli scaldato il cuore come un essere vivente di cui prendersi cura. Qualcuno su cui riversare, discreta-

45

mente, la compassione per la propria stessa fragilità. Solo che, data la fama di Jarman, il giardino gli sta, almeno per ora, sopravvivendo, amorevolmente curato nel suo ricordo. Il giardinaggio è un atto di fede nell'avvenire, scrive Teodor Cerić, perché gli alberi richiedono anni e anni per raggiungere piena bellezza. Sì e no. Nel caso di Jarman credo sia diverso – non mi pare che abbia piantato alberi, salvo un biancospino. Prospect Cottage è un giardino di ghiaino, di piccole piante adatte a sopportare la siccità e il vento. Piante sorelle proprio per questo loro dovere reggere condizioni avverse? Un giardino che è anche riscossa di vita: Jarman non può più fare tanto per il suo corpo. Quello, con la malattia, è diventato un terreno ingrato. Mentre per Prospect Cottage iniziative può prenderne. Le piante assecondano la sua volontà mentre il corpo si deteriora sempre più, sempre più frequenti i ricoveri all'ospedale.

Questo giardino è un cimitero, scrive Teodor Cerić, vi vengono ricordati, man mano che muoiono, gli amici. Vero: in certi casi un cimitero è l'unico luogo in grado di dare un senso di compagnia, connessione con gli affetti. Così Prospect Cottage mi pare lo specchio di Jarman nell'impermanenza. Cos'è curare un giardino se non un corpo a corpo, non tanto con la terra, ma contro il tempo che lo vorrebbe inghiottire? Ci pensavo questa mattina mentre, a quattro zampe, cercavo traccia dei finocchi da me piantati a novembre, nel periodo meno adatto – faceva già assai freddo – ma a questo costretta dal fatto che Didier me li aveva portati allora da Cecina. Ne ho trovati molti, piccoli certo, soffocati da altre erbe – avena, forasacchi, silene, gerani cresciuti lunghissimi alla ricerca della luce oltre i bossi – però vivi e, soprattutto, deside-rosi di vivere. Meno di quanti ne avevo piantati, ma tanti lo stesso. E così piccoli. Un niente rispetto agli altri che stanno lì già da qualche anno. Ma credo ce la faranno. Mi sembrano pieni di buone intenzioni, di un bel verde brillante, e dall'aroma delizioso. La loro sopravvivenza va però difesa. Ginocchia e mani per terra, insinuandomi un po' a fatica nello stretto passaggio tra i bossi (stret-to perché era stato concepito per attraversarlo in piedi, non certo gattonando), attenta a non schiacciarli con le ginocchia, li ho ripuliti, beandomi intanto del sole che mi asciugava i capelli, del vento che smuoveva le nuvole.

Scrive belle cose, Teodor Cerić. Trattengo questo: quel giardino (ogni giardino?) è un canto di luce nel buio della morte. Per Derek Jarman il giardino significa entra-re in un tempo altro, privo di fine e di inizio, un flusso ininterrotto che del tempo spezzato pare la negazione. Teodor Cerić conclude con un pensiero bellissimo: che vale sempre la pena di piantare un giardino, poco importa se di tempo ne resta poco, se tutto vacilla e la morte avan-za. Vale sempre la pena di trasformare un angolo di terra in un posto accogliente, un luogo dove ci sia più vita.

E Derek Jarman? Alla prima lettura, quando uscì, ero rimasta affascinata ma anche diffidente verso un non so che di funereo. Ora sono decisa a leggere tutto, i diari e anche *Modern Nature*. Jarman l'ha fatto prima di me, di vivere l'avvicinarsi della fine in un giardino. Ha creato il suo per prepararsi alla morte, io sono qui a cercare di proteggere ancora un poco il mio dall'assalto della na-tura e del tempo. Sono qui a condividerne la sorte. E se anche avevo spesso provato piacere a immaginarmi piena di rughe e coi capelli bianchi in giardino, quanto accade ora non è la stessa cosa. Quell'immagine che avevo di me molto vecchia, decrepita addirittura, il viso un reticolo di solchi, era un sogno di lunga vita. Quello che sta accadendo adesso è un'altra cosa, è non arrivare mai a quella radiosa vecchiaia.

Eppure mi sento molto viva. Sto bene. Mi dimentico quando sono a tavola, oppure alla scrivania, di avere un problema. Poi c'è da camminare. Ah già, mi dico, le gambe non ce la fanno più.

Forse bisogna intendersi sulla morte. Sul mio venire a vivere qui da sola, senza altra presenza quotidiana se non il giardino. Sentendomi connessa al mondo visibile e invisibile, ma con nessun essere umano in particolare. Con Nino prima e adesso Macchia.

Giulio mi ha portato alcuni ortaggi del suo paese, lo Sri Lanka, per piantarli nell'orto. Talee di nevetia e piantine di caravilla, almeno così ho capito. La caravilla è una specie di zucchino rampicante di sapore amaro, fa bene contro il diabete. La nevetia invece è dolce, di aspetto somiglia alla bietola, e a me ricorda una pianta che avevo coltivato anni fa, lo spinacio della Nuova Zelanda. Mi ha stupito vedere quei pezzetti di fusto, e la fiducia con cui Giulio li ha messi in terra. Radicheranno? Immagino di sì, nel clima tropicale dove tutto sembra propizio a una crescita lussureggiante, ma qui nell'orto? Sono assai curiosa di vedere come andrà.

Mi sarebbe piaciuto restare in giardino e seguire Giulio nei lavori, ma mi è toccato andare a Pisa da un tipo consigliatomi da Gaia che si è rivolta a lui per un dolore alla spalla. Applica delle placche che danno leggere scosse e dovrebbero indurre il nervo a connettersi ai muscoli. Il trattamento dura tre ore. Ieri la prima sessione. Non ho notato alcun cambiamento, solo una grande stanchezza dopo, forse anche per il pranzo saltato. Non è una cura, naturalmente, solo un trattamento che dovrebbe rallentare il decorso della malattia. Un bruttone che vuole fare il simpatico, questo terapeuta. Costosissimo, suona la fisarmonica, ha appena sposato una bella ragazza di trent'anni più giovane, è nato il mio stesso giorno solo tre anni prima. Si professa sicuro di potermi aiutare. Ieri ha detto che nulla danneggia più di una delusione nella cura. Già. La dottoressa di Roma mi ha delusa, a farmi fare un mese di antibiotico a quanto pare per niente, chissà se anche con questo qui sarà la stessa storia. Forse bisognerebbe semplicemente non fare nulla, smetterla di affannarsi a cercare una soluzione. Sono molto confusa, in questo momento, specie dopo che mi è stato instillato un dubbio diagnostico.

In giardino sono potuta tornare solo a pomeriggio avanzato. Giulio aveva tagliato l'erba e pulito nel campo degli olivi da tavola. Mi aspettavo di trovare più lavoro fatto, ma forse non sono giusta in questo. Ho un po' dimenticato quanto tempo ci vuole a fare le cose. Anche da Gabriele mi aspettavo che finisse prima di pulire il confine col frullino, ma a quanto pare anche quel lavoro richiede più mattinate. Ho detto a Giulio di tornare venerdì: col cestino di zucchini bietole insalata e rucola che mi ha preparato, posso andare avanti alcuni giorni. Mi sarebbe piaciuto cenare al tavolo fuori, ma mi sono limitata a portare lì il piatto dell'insalata. Non sono in grado di trasportare vassoi. Potrei mettere un tavolino piccolo subito fuori dalla porta, per godermi la vista del giardino al tramonto. Oggi era bellissimo, coi finocchi verdi e bronzei che spuntavano oltre i bossi, intrecciati di raggi di luce, leggerissimi e freschi, e poi tutti i colori dei cisti, delle rose, degli agli, e i verdi che ancora non si somigliano.

È così bello stare fuori seduta semplicemente a guardare. È tutto esattamente come dovrebbe essere. Nulla stride.

Credo che tanto affetto per il giardino mi venga da una sorta di gratitudine istintiva per quella sensazione meravigliosa, quasi infantile, di potersi sentire, almeno lì, al sicuro. L'ho avvertito in modo netto quando, per un breve ma sconcertante momento, ho sentito lacerarsi la volta celeste. Nell'ora mite del crepuscolo, mentre contemplavo tranquilla la corsa nel cielo di nuvolette ormai grigie, un fragore spaventoso ha rotto l'incanto cancellando l'ultimo fraseggio gentile dei merli, certi misteriosi fruscii. Poco dopo, da dietro la chioma del grande leccio, è spuntato un immenso aquilone giallo striato di nero, con appeso un motorino rombante manovrato da un sinistro figuro munito di casco e occhiali scuri. Poterlo impallinare, quell'insopportabile cretino, quel calabrone umano a poche decine di metri dalla mia testa. In un attimo, aveva messo a nudo la vulnerabilità del grembo in cui me ne stavo come rannicchiata, ma anche la solidità dei miei nervi, un'indole che vorrei pacifica. Per via d'aria, certo, non c'è recinzione che tenga. •

Dal Jane Goodall Institute mi mandano una raccomandata urgente con due dvd: i video dell'orto di Kigoma, in Tanzania, dove mi hanno invitata. Un filmato mostra gli appezzamenti recintati contro capre e altri animali. Non so se riuscirò mai ad andare a Kigoma – temo l'afa e l'umidità, letali per i miei fragili motoneuroni – ma è un po' come esserci stata, vedere le facce simpatiche dei ragazzini, dell'agronomo, di un'altra donna (la maestra?). Il secondo filmato mostra la festa annuale. I ragazzi ballano, a volte con strani movimenti lenti e rotondi che li fanno sembrare quasi incorporei, altre con guizzi di muscoli che ricordano l'argento vivo. Il braccio ingessato non impedisce a un ragazzino di scatenarsi in un ballo velocissimo. In uno sketch in costume, in una lingua che non capisco, un ragazzo alto si scaglia su un bambino, lo sgozza con una spada giocattolo tondeggiante. Il bambino fa il morto, viene trascinato via.

Chissà se ci andrò mai. Vedremo. Oggi sono stata dal terapista di Pisa. Al mattino con la mano sinistra non riuscivo ad abbottonare la camicia. Dopo il trattamento ce l'ho fatta. Forse questa strana cura mi permetterà di andare anche in Tanzania?

Con la posta mi è arrivato un libro di Jarman: *Chroma*, con un suo bel ritratto in copertina. Omosessuale, attivista per i diritti *queer* – per usare il termine da lui preferito a gay – mi ispirava un tempo una certa riserva per il mio sentirmi fondamentalmente esclusa dal centro pulsante del suo mondo. Adesso mi pare che questo avere conosciuto entrambi la consapevolezza di trovarci davanti a un più o meno lento declino costituisca un terreno ideale d'incontro. Entrambi in giardino, nella natura, in una dimensione in cui la differenza tra maschio e femmina si fa, finalmente, meno attuale. *Hint that within the Riddle / One will walk today* – così in Emily Dickinson. Che almeno davanti a quell'Ignoto, a quel mistero, ci si possa sentire fratello e sorella?

Arrivano per posta altri libri di Derek Jarman. *Smiling in Slow Motion, Modern Nature* – è lì che parla di Prospect Cottage. Trascrivo qui direttamente i miei appunti.

Wilderness garden, l'idea per Prospect Cottage. Giusto qualche rosa tra i ciottoli, facendo attenzione a non interferire col senso di selvatichezza. Avevo dimenticato come scrive tremendamente bene, Jarman. E quanta passione ed eleganza nel suo viso. Non si può non prenderlo sul serio.

Devo riconoscerlo: iniziare, come Jarman, a creare un giardino proprio quando si sa che le forze non potranno che scemare di giorno in giorno, trascinando a fatica solo un terzo del sacco di letame sollevato senza sforzo da un vecchio, eppure sentirsi felici, è un atto radicale. Non sembra una pietosa bugia, al confronto, creare un giardino con l'idea di viverci diventando sempre più forti e sani, che è quanto ho fatto io? Se non una bugia, un'ingenuità. Anche se qualcosa dovevo sospettare, se fin dall'inizio mi tornavano in mente come un ritornello quei versi trovati in un libro di Anne Atik, che Samuel Beckett amava citare attribuendoli a Vincent Voiture. Erano diventati per me una sorta di talismano: *J'ai vécu sans nulle pensement / Me laissant aller doucement / À la bonne foi naturelle / Et je m'étonne fort pourquoi / La mort pense jamais à moi / Qui ne pensait jamais à elle.*

La buona fede naturale: il *bon homme*, solitamente dedito a quella che nel *Simposio* è detta Afrodite plebea, vive spensierato; abbandonandosi a un'istintiva fiducia, si stupisce che la morte si ricordi di lui che a lei non pensa. Si mescola alla natura per trarne piacere e insieme sostentamento; non pare rendersi conto che non è per la sua persona, o per la sua specie, che tutto questo esiste. Jarman invece sa che, nella natura, si può anche andare come sul set dove recitare l'ultimo atto.

Anche se: il mio cuore batte per la creatura semplice colta di sorpresa. Che crede ingenuamente di potere andare avanti all'infinito, con vigore, producendo e riproducendo quanto ama. Nel cottage di Jarman, deliberatamente contrapposto alla centrale nucleare e al rombo dell'oceano percosso dal vento, avverto il gesto geniale di un uomo di teatro. Mi stanca tuttavia quando si lascia andare alla cattiveria, allo snobismo verso i più comuni mortali. Pur con tanti conti in sospeso nel rivendicare una sessualità calpestata, c'è proprio bisogno di definire *fuckwear* la biancheria messa in valigia da una giovane sposa per il viaggio di nozze? Davvero sarebbero queste, le persone a cui farla pagare? E lo stesso *Modern Nature*, pur tra pagine folgoranti sul paesaggio nei drammatici mutamenti atmosferici di Dungeness, non ridiventa poi a breve il *journal* di un regista ripreso dal vortice del lavoro?

Prima o poi capita di fare esperienza di quanto si crede non possa mai accadere a noi. Non si resta fermi nello stesso punto nel tempo. Da malati, si comincia a guardare con meno sprezzo agli altri malati. Si scopre che può accadere a chiunque, «anche nelle migliori famiglie». Una gamba gonfia, un'andatura lenta, col girello addirittura. Mostruosità, viste da fuori, ma da malati si comincia a sospettare che quella poco attraente persona dentro si senta e si viva precisa identica a prima. Nonostante la sua percezione di se stessa, la sua innocente sensazione di avere lo stesso diritto alla gioia e alla vita di chiunque altro, non appaia più ovvia, anzi, potrebbe stupire, indignare addirittura. Sicuramente tutti questi esseri che non si capisce bene cosa facciano al mondo, vorrebbero poterci restare ancora un poco.

Un maggio così freddo non lo ricordo. È il 25, il mese è quasi al termine, in altri anni queste erano giornate di afa soffocante, di anticipo ammonitorio d'estate. Oggi, invece, vento forte, pioggia, tuoni, e in casa tredici gradi – da dover riscaldare. Un paio di volte il cielo si è aperto, allora: subito fuori in giardino! La candida rosa di Isfahān sembra felice di questo clima. Mai viste le rose così belle, fresche, ben conservate a questa temperatura e con questa umidità che ne ravviva i colori. Macchia mi segue nella passeggiata con un bastoncino in bocca. Nell'orto, zucchini rigogliosissimi. Forse anche grazie alla terra che, in quel punto, non utilizzavo a coltivo da quasi dieci anni. Ne ho staccati un paio con una mano sola, con l'altra dovevo puntellarmi sul bastone. Me li sono messi in tasca. Vorrei vedere anche le rose del Bosco Orientale – da lontano occhieggiano bei rossi cupi e piccole corolle gialle – ma l'erba è troppo alta e inciamperei. Domani viene Giulio, gli farò tagliare l'erba nei sentieri e spero allora di potere vedere anche quella parte del giardino.

Oggi sono stata quasi tutto il giorno sdraiata a leggere, indovinando dalla finestra i cambiamenti di luce.

Peter Hillman a giorni non ci sarà più. Due anni fa ero stata ospite sua e di Nehama a Ein Kerem. Una mattina mi portò a vedere il museo della scienza che aveva creato a Gerusalemme, era stato meraviglioso visitarlo con lui che mi spiegava tante cose. Mi disse che era pieno di curiosità, aveva tante domande a cui cercava risposta; era veramente dispiaciuto di avere così poco tempo davanti a sé. Se c'è qualcuno che meritava di vivere altri venti, trenta anni, per sempre forse, questo era Peter, con tanto amore e interesse per il mondo, il suo rammarico di fronte all'impossibilità, per il singolo individuo, di completare il quadro. Sarebbe bello potere pensare che ogni essere, come il frammento di un puzzle, compone qualcosa di più grande che lo comprende, che ogni essere è come l'organo sensoriale di cui questo qualcosa si serve per realizzare una visione compiuta. O forse no, forse, come mi disse una volta Jurij Lotman, la realtà è quel qualcosa di inconoscibile di cui pare di scorgere a tratti un frammento di forma compiuta nell'attrito tra diversi tentativi di lettura.

L'ho capito solo adesso. La mia felicità in giardino era sincera però minata da un senso di incompletezza. Adesso me ne sento riaccolta. Trascurato per un periodo, quasi perso poi ritrovato nel momento del bisogno, il giardino, immagine miniaturizzata del creato, ha confermato di essere l'unica duratura, profonda, appagante relazione possibile. Qualsiasi relazione con un essere umano non potrà più nanizzare il mio essere al mondo. La catastrofe mi ha, in un certo senso, sanata.

Ieri è venuto a trovarmi Nathan Schneider con la fidanzata Claire. Nathan, 28 anni, sta per pubblicare un libro sulle prove dell'esistenza di Dio. Circa dieci anni fa si è convertito al cattolicesimo. Claire invece è nata cattolica, la terza di cinque figli. Con Nathan abbiamo parlato del punto di vista cristiano sul porre fine alla propria vita quando la malattia abbia reso del tutto invalidi. Ci sono voci discordanti, ha detto Nathan. Loro vanno a messa tutte le settimane, a Brooklyn. Per fare parte della comunità, del vicinato. Si trovano soprattutto tra vecchie donne che recitano il rosario. Gli ho detto che sono stata solo un paio di volte nella chiesa locale, per motivi di circostanza come la commemorazione di un defunto, un matrimonio, e ogni volta ho provato una grande rabbia di fronte all'occasione perduta. La mediocrità delle parole del prete distrugge quella che per molti è l'unica occasione di porsi di fronte a qualcosa di trascendente, spirituale. Nathan e Claire hanno detto che anche a Brooklyn è così, però vanno lo stesso in chiesa, per il grande valore che attribuiscono al partecipare alla vita delle persone nel quartiere. Ho capito che per loro è un modo di stare in quello spazio, in quel tempo, in quella comunità. In cuor mio mi sono chiesta se non ci sia qualcosa di arbitrario in questa scelta di una religione particolare, in un'epoca in cui ogni spazio e tempo sono intersecati da ispirazioni religiose diverse. Ma ho apprezzato la loro fede, l'impegno a non perdere del tutto qualcosa coltivato ormai soprattutto da vecchie donne ispaniche armate di rosario. A me le preghiere della sera sono state trasmesse dalla nonna. E in questo c'è indubbiamente un valore prezioso quanto impalpabile. Ho parlato a Nathan della *Guida ai perples-*

si di Mosè Maimonide, che leggo durante le sedute di elettroterapia a Pisa, e di Pavel Florenskij, che Nathan invece non conosce, e della sua critica a quello che nella filosofia occidentale fa la parte del leone: l'epistemologia, la cognizione. Florenskij parte dall'esperienza, trova sterile cercare di dimostrare quello che intimamente sappiamo vero. Credo che riassunto così sia riduttivo, tuttavia: un approccio è conoscere il mondo dall'interno della nostra esperienza. Un altro è sottoporre a critica lo stesso apparato cognitivo, tirandosene in un certo senso fuori. Maimonide arriva a una teologia negativa: di Dio possiamo solo negare gli attributi. L'esistenza è un attributo che si possa negare? Compiendo quell'ultimo passo, si arriva al Mu, al vuoto originario – a quel qualcosa di cui oscuramente avvertiamo la realtà. *The Riddle* di Emily Dickinson. E comunque: mi è caro il viso amorevole e dolce di Florenskij, lo sguardo tenero e birichino rivoltogli da sua moglie in una bella foto, la tenerezza con cui regge il figlioletto sulle spalle. È questa la vita.

A Viareggio al cinema Odeon a vedere *Miele*, il film sorprendente di Valeria Golino su una giovane donna, Miele (Jasmine Trinca) – il cui lavoro (clandestino) è aiutare chi sia irrimediabilmente malato a tirarsi fuori dai pasticci. Fila tutto liscio, finché Miele si imbatte nell'ingegnere Grimaldi (Carlo Cecchi) che vuole morire non perché malato, ma perché la vita non gli significa più niente. Miele lo affronta, lo frequenta, ne è affascinata. Quando scopre che lui è solo depresso, riesce a farsi restituire il Lamputal, un prodotto veterinario che aveva acquistato in Messico con la scusa di «uccidere un vecchio cane molto malato». Miele si illude di averlo restitui-

to alla vita, per scoprire di averlo invece costretto a uccidersi in modo cruento, gettandosi dalla finestra. Aleggia
una domanda: è giusto riservare l'eutanasia solo a chi è
fisicamente malato? Possibile che si continui a negare il
diritto a una libera scelta? Nel film, la prima a morire è
una donna. A letto, viso terreo ma occhio vivace, marito
in lacrime, mentre ascolta la musica con cui ha scelto di
andarsene – una canzone d'amore e passione. Poco dopo
avere deglutito il Lamputal, chiede quanto ci vorrà. Due
o tre minuti. Così poco? Forse avrebbe voluto ascoltare la canzone fino in fondo, indugiare ancora un poco.
Quando toccherà a me, mi piacerebbe essere sola. Voglio
potere decidere che un certo giorno me ne andrò, non
però a un'ora precisa, non con gente intorno che aspetta
che la cosa sia fatta e in qualche modo mi fa fretta. Se
mi verrà in mente ancora una pagina da leggere, una lettera da scrivere, una musica da ascoltare, voglio poterlo
fare. Se mi venisse voglia di piangere, di fare boccacce, di
cantare a squarciagola, di rannicchiarmi, voglio poterlo
fare non vista. Mi piacerebbe bere quello che c'è da bere
sdraiata a letto, spegnere la luce, mettermi su un fianco
con la testa sul cuscino, come ogni sera quando vado a
dormire. Che orrore, doverlo fare in pieno giorno, come
se morire fosse togliersi un dente.

Strano quanto si parli di morte e malattia di questi
tempi. Si direbbe l'argomento dominante, o è la mia situazione a portarmi a queste esperienze, a queste conversazioni? Ho tuttavia l'impressione che libri, film, tutto
stia convergendo su questo tema. Molto più di un tempo.

Anche con Nathan ne ho parlato. Mi manda una mail

in cui mi segnala testi che potrebbero interessarmi. Uno è sul padre di Claire; a 47 anni ha avuto un infarto che lo ha lasciato con la parte sinistra del corpo paralizzata. A 55 anni partecipa, non importa quanto lento, alla maratona di St. Patrick a New York, scopre un nuovo modo di vedere la vita: «Non si tratta solo di dare e prendersi cura degli altri. Si tratta anche di ricevere dagli altri». Anche alla minore energia ci si abitua: «Ho imparato che camminare piano è un esercizio spirituale. Le persone sono molto gentili con qualcuno che cammina come me». Vero: camminando piano noto anch'io tante più cose, sto tanto più agevolmente nel momento presente. Un po' come nella meditazione camminata che mi piaceva tanto poco durante i ritiri di Vipassanā. «Non avevo mai notato così tante persone gentili prima di avere un infarto, ma ora le noto eccome».

Questi giorni di maggio hanno ucciso alcune delle piantine di caravilla dello Sri Lanka. Troppo freddo per loro. Solo tre ce l'hanno fatta. Dico a Giulio che, non ricordo se nella legnaia o nello sgabuzzino degli attrezzi, ci sono delle piramidi di plastica, piccole serre per proteggere le piantine, versione povera delle campane di vetro. A differenza di queste, sono molto leggere, volano via al primo soffio di vento, occorre rincalzarle con un po' di terra. Adesso la caravilla, quello che ne resta, è protetta, pronta ad affrontare questa settimana che si preannuncia ancora fredda.

Questa notte tuoni e fulmini, la mattina presto scrosci a non finire. Che freddo.

Arriva una mail da Exit. Mi ero iscritta un paio d'anni fa, quando consideravo le possibilità offerte da Dignitas, la clinica di Zurigo. All'epoca tenevano sul sito un video promozionale: un filmato su una scrittrice francese che si mostrava fermamente decisa ad andarsene, non un'ombra d'esitazione, addirittura entusiasta e scherzosa nel chiedere ancora un po' di cioccolata per cancellare il sapore amarissimo del Narbutan. Encomiabile trasformare il proprio trapasso in qualcosa di utile per l'umanità, eppure avevo provato un senso di fastidio: come tutte le pubblicità, anche questa era troppo festosa: se non falsa, unilaterale. Anche se, certo, l'entusiasmo è comprensibile: potersi salvare da un'agonia interminabile in ospedale, dai respiratori artificiali, dalla nutrizione forzata, dalle piaghe da decubito, insomma, da tutti gli orrori dell'accanimento terapeutico, è un atto liberatorio. E allora, perché avevo storto la bocca? Forse solo perché per me vorrei qualcosa di più intimo, meno socialmente impegnato.

E dunque, la mail di oggi – un workshop di Exit a Dublino, Amsterdam, Londra e Francoforte. Corsisti del suicidio. Le lezioni le tiene il dottor Philip Nitschke. In allegato, una trasmissione di Al Jazeera, *Licence to kill*. Esamina la questione dell'eutanasia, con focus sull'Australia. Sul piano del diritto, parrebbe tutto limpido: si tratta di una libertà fondamentale. Non riesco però a non prendere appunti mentali. Il pubblico dei corsisti: sono ammesse persone d'età superiore ai cinquant'anni oppure gravemente malate. Vedo quasi esclusivamente anziani. Sorridono alla telecamera, affabili. Turba vedere questa ressa di donne e uomini che premono alla ricerca di una via di fuga. Stanno lì ad ascoltare il dottor Nitschke. Forse potrebbero fare qualcosa di più bello, in quello stesso lasso di tempo? Sono curiosi, o davvero preoccupati di sapere come trarsi d'impiccio? Tutti paiono oberati da questi corpi di cui occorre in qualche modo disfarsi. Ci vorrebbe un apposito cassonetto. Mi arrivano immagini di rifiuti forse perché l'avere esonerato il genere umano dall'appartenenza alla catena alimentare, l'averlo messo al sicuro dal pericolo rappresentato dagli appetiti di altre specie, quantomeno quelle visibili a occhio nudo, ha trasformato la massa degli individui in corpi da buttare. Nessun corpo ha più bisogno, per sopravvivere, della vitalità indispensabile per tenersi costantemente all'erta contro la minaccia di un predatore. Nessun corpo è più, in quel senso, vigile e sveglio.

Il problema andava affrontato prima. Troppo tardi occuparsene quando si tratta di disporre di quella che è ormai spazzatura. Bisognava non arrivare a produrla. Cominciando dal primo giorno di vita, prendersi cura di mantenere viva la vita. Guardo quel vecchio scheletrico con la PEG e il tubo nello stomaco – pare vivacissimo, sveglio, pieno di energia. Vuole morire, con quei suoi grandi occhi celesti sorride all'idea della morte in modo quasi fanciullesco. Bene, io l'ho visto solo ripreso mentre il dottor Nitschke gli dà delle carte da firmare che lo esonerano da qualsiasi responsabilità. Sarebbe interessante vedere come passa il resto del suo tempo, se sa anche vivere con talento. Oh, lo so, sto dicendo cose troppo cattive. È per lo sconforto che mi prende a vedere non uno, ma una massa di esseri umani per i quali morire resta l'unica speranza.

Disporre del corpo: una quindicina d'anni fa avevo

letto un libro che si concludeva con la morte del giardiniere capo del Potager du Roi a Versailles, La Quintinie: mi pare scavasse una fossa e vi si distendesse ad aspettare la morte tra gli alberi del suo frutteto, trasformando se stesso nel più ricco di tutti i concimi di cui li avesse sino ad allora nutriti. All'epoca l'idea mi piacque, ora mi pare letteraria. È solo un'immagine, nella realtà trascorrerebbero terribilmente lente e dolorose le ore in attesa della fine. Il posto migliore per morire credo sia proprio un comodo letto. In gesti che somiglino il più possibile a quelli rassicuranti del prendere sonno.

A tavola Macchia mi fa compagnia, mi mette le zampe sulla coscia, l'accarezzo, ogni tanto le allungo dei bocconcini. Prendo la sua testa tra le mani, la sento vibrare di vita.

C'è qualcosa che non mi convince nei protagonisti dei filmati di certe associazioni. Avverto qualcosa di male impostato. Mi pare dubbia tanto per cominciare una persona che scelga di dedicare la propria vita alla propaganda della morte. Non amo gli attivisti e i fanatici. Poi la sensazione che tanto adoperarsi per l'eutanasia porti a interiorizzare una visione di se stessi come giudicati dall'esterno. Mi viene in mente mio padre al volante che si divertiva, quando adocchiava per strada una vecchia col girello, a proporre di investirla, tanto cosa viveva a fare, brutta e malconcia com'era. Lo faceva così, per spacconata, per il gusto burlesco di scandalizzare. Vecchi, malati, certo non sono decorativi, non fanno un bel vedere. Ma questa è l'esteriorità. Cosa provino, questo non è dato saperlo. Probabilmente non sono ciò che sembrano, ma ciò che vedono. Mica sono intenti a guardare se stessi allo specchio. Quello che guardano è il mondo fuori di loro. Ci si sente così facilmente trasportati da quello che vediamo oltre noi stessi. Talvolta mi capita di pensare: ecco, per me l'esperienza in questo momento è questo viso davanti a me, la persona con cui sto parlando. Mentre per questa persona, in questo momento, è il mio viso a costituire l'esperienza del mondo. Come se io fossi l'altro che sto guardando, e l'altro fosse io che lo guardo. Chi è vecchio o malato, parlando con una persona sana, giovane, probabilmente dimentica la sua condizione. Ma se, spaventando un malato con i terrori dell'accanimento terapeutico, sbattendogli in faccia la condizione materiale del corpo di cui è titolare, lo priviamo della possibilità di guardare, anziché se stesso, il mondo, lo cacciamo nel vicolo cieco della paura. Gli imponiamo la nostra visione della sua persona, ed è come se gli dicessimo: fatti da parte, non vale la pena che tu resti, conciato come sei.

Non so nulla in realtà di queste persone, le mie sono solo impressioni passeggere da un filmato su You Tube. Mi manca l'esperienza per poter dire veramente qualcosa: finora la malattia non mi ha dato nessun dolore fisico. E certo, quando il dolore morde dentro, la mente non ha più tanto spazio per affacciarsi sul mondo.

Questi pensieri li interrompe l'arrivo di Tommaso. È venuto a trovarmi con una scatola di biscotti al burro, in barba a ogni mia dieta. Dice di avere capito che il burro è importantissimo per la salute. Il burro crudo, forse, quello dei biscotti non credo, comunque fa piacere sgranocchiarli mentre fuori, in giardino, sorseggiamo il tè. Ti ho portato anche un mazzolino di fiori secchi, mi dice. Che strano, penso, ma senza stupirmi troppo – so che ha la passione delle piante. Mi porge una busta. Un mazzolino proprio piccolo, penso, se può stare in una busta. Scosto un lembo e vedo qualcosa di molto simile a piccoli cardi mummificati. Il profumo è buonissimo. Che fiori sono, gli chiedo. Mi guarda con occhi ridenti dal divertimento. Allora capisco. Cannabis. Ne avevamo pure parlato, dopo che avevo saputo che lui si cura così – ha la sclerosi multipla da anni. Difatti sta benissimo, non usa più nemmeno il bastone o la molla di Codeville. Cammina bello diritto, quando andiamo in giardino e poi nell'orto dove gli propongo di prendersi – da solo – un po' di zucchini. E ora come faccio? Io le sigarettine non le so fare. Puoi usare la pipa, mi dice – sì, quella forse da qualche parte ce l'ho, nel mobiletto da cucito, mi pare, una pipa di mio padre. Puoi anche farci il tè e berla. Oppure i biscottini. Me ne ero completamente dimenticata, della cannabis, e dire che ero stata io a chiedergliela, e poi lui mi aveva mandato un articolo dal sito dell'AISLA sull'uso terapeutico della cannabis e tutta una serie di farmaci non ancora in commercio in Italia. Ha un profumo veramente inebriante, mai annusato un fiore secco così suadente, sciropposo. Penso che anche solo fiutarla deve far bene. Tommaso non ha saltabeccato come me di medico in medico, di parere in parere. Il primo da cui l'ha mandato il medico di base gli ha fatto una buona impressione, con questo è rimasto, senza cercare miracoli. Vorrei avere fatto lo stesso, invece sono caduta vittima dei consigli degli amici che sapevano ognuno quello che ci voleva per me. Sono sempre stata così influenzabile. Tommaso è tranquillo, non ha paura di morire perché pensa sia come addormentarsi, qualcosa di cui non ci accorgiamo mentre avviene. Quanto al prima, non gli pare poi così grave arrivare a non potere camminare, e tutto il resto. Pensa che in ogni condizione ci sia il modo di capire come stare bene. Lo pensavo anch'io oggi, mentre collegata alle piastre elettriche a Pisa leggevo il diario di Derek Jarman, le pagine dove ormai è all'ospedale, debolissimo e molto malato. Eppure non è infelice, è contento degli amici che vanno a trovarlo, e anche lì, all'ospedale, c'è ancora tanto da vedere, capire, vivere. Comincio a pensare che il lavoro da fare sia questo, non lasciarsi piegare dalla paura del periodo che precede la morte, dal desiderio di sottrarsi a tutto questo. A Tommaso è piaciuta perfino la risonanza magnetica: quel movimento leggero dell'aria, quegli strani rumori – quasi una musica – a occhi chiusi gli davano la sensazione di trovarsi in una pioppeta. Anche a me era piaciuto stare distesa a occhi chiusi ad ascoltare i suoni della macchina. Forse la cosa da accettare senza ribellarsi è che questi inspiegabili, inoperosi spezzoni di vita possano valere anche loro la pena.

Trovo una buca dove avevo piantato una elegantissima *Fritillaria persica* di un violetto verdaceo regalatami da Paul, un giardiniere inglese. Da un po' di tempo noto devastazioni in giardino. Deve essere entrato un istrice quando, chiuso male, il cancello si è spalancato la notte. Gigari sbocconcellati sul bordo dell'orto. E adesso la fritillaria cui tenevo tanto. Comunico la luttuosa notizia a Paul che mi risponde: «Oh, Pia, il giardino è pieno di momenti del genere; qualcosa di perverso in me ama questa lotta incessante per ottenere così poco. L'anno scorso ho piantato un migliaio di *Crocus tommasinianus* sotto un cedro, i topi se li sono divorati tutti salvo tre». Sento profonda saggezza in queste parole. Anche quel giardino che è il corpo richiede tanto, tanto lavoro, che invisibili topi e istrici non fanno che rosicchiare. Vivere è questa costante lotta di trincea. Nella seconda parte di *Modern Nature*, quando infine, da sieropositivo, Jarman si ammala – di tubercolosi, di polmonite, di toxoplasmosi, e altri mali minori – la lotta si fa impari, ci sono momenti di cecità, altri di soffocamento, debolezza, impossibilità di deglutire, spossatezza, un deperimento tale che perfino radere la barba diventa cruento sulla superficie irregolare e ossuta del viso. Eppure Jarman non si dice infelice, nonostante il fatto che – se avesse previsto uno scenario simile in anticipo – lo avrebbe considerato disgrazia e dolore sommi. Al dunque, tuttavia, non è così terribile quello che prova. Qualcosa dentro di lui è superiore a tutto questo, come un talento inestinto di cogliere la bellezza del mondo, e soprattutto: di non spezzare quanto lo lega al giardino, a cui non smette mai di pensare. Da ultimo: elenchi di fiori, stupore inesausto di fronte alla colorazione mutevole del mare ravvivato dalla spuma bianca dei cavalloni. Quando smette di lavorare, d'accordo coi medici che convengono che non è più possibile – l'ultimo progetto è il film *The Garden* che riesce a malapena a seguire – cinema e pittura ma anche il sesso recedono nel passato, e Jarman vive esclusivamente faccia a faccia con il paesaggio, la natura, il creato. Quasi che l'universo stesso in cui non è più in grado di agire fosse diventato un più vasto giardino.

È questo talento di non smettere di stupirsi, la capacità di restare connessi a una visione di bellezza, che sospetto tristemente assente nei corsisti della morte. L'equanimità non dovrebbe insegnare a stare con quello che c'è, senza preferenze tra una sensazione e l'altra? E la liberazione? Voglio rileggere della morte del Buddha.

Sto veramente vivendo in compagnia di Derek Jarman, in questi giorni di primavera. Cerco su You Tube *The Garden*, tra l'altro il primo film omosessuale mai proiettato in Russia, al Festival di Mosca nel 1991, dove è andato anche lui approfittando di un momento di remissione. Qualche appunto dal filmato corto della BBC film: Jarman rinnega il cinema per il giardino – «Non avrei mai dovuto fare cinema, è una cosa da idioti. È occuparmi del giardino quello che voglio». Perché in giardino si compiono cicli di resurrezione. E continua: il giardino è il posto ideale per morire, c'è la magia, magia della sorpresa; è una terapia, una farmacopea. Commenta Keith, il giovane che gli è stato accanto fino all'ultimo e ha continuato a occuparsi, anche dopo, del giardino: Più si avvicinava alla morte, più il giardino diventava importante. E Derek: Mi dà molta pace stare in giardino, guardo un fiore, lo fisso.

Così semplice, no? Si ha forse bisogno d'altro? Cosa resta dell'infanzia se non istantanee interiori di noi bambini intenti a cogliere una margherita, annusare una violetta, frugare tra i petali di una rosa, accarezzare la corteccia d'un albero. Aggirarsi nella natura, nella magia d'uno stupore ininterrotto. E forse, ogni tanto, venire colti dalla sensazione di incontrare qualcosa di non visibile. Un flutto di gioia.

Nell'orto i cardi mariani sono giganteschi, altissimi, probabilmente soffocano i bulbi che dovrebbero cominciare a spuntare – fresie e altre fioriture estive. Ma non posso non lasciarli trionfare, e poi fanno così bene da spalla ai malvoni che a breve fioriranno. Sabato pomeriggio, mentre con Costanza stavamo sedute al tavolo di pietra, guardavo verso di loro, l'occhio attratto da un movimento d'ali: certi uccellini si posavano sui fiori più maturi di cardo, ne tiravano via i semi, alcuni volavano via stringendo nel becco il pappo setoso, bianco nell'aria azzurrina del crepuscolo. Guarda, i cardellini – ho detto a Costanza. In realtà non so se erano proprio loro, non vedevo così bene da lontano, mi è piaciuto però pensarlo, cardellini perché amano nutrirsi dei fiori di cardo.

Da Gerusalemme mi scrivono che uno specialista ha detto a Peter che, con un po' di pazienza, migliorerà. Ne siamo tutti molto contenti. E questo mi fa pensare: se avesse trovato subito un medico disposto ad aiutarlo ad andarsene, non avrebbe vissuto questo momento felice. Forse è tutta questione di imparare a superare la paura, non della morte, ma di cosa viene prima. Cos'è, paura della vita? Paura di esplorarla in ogni suo risvolto? Questa vita che vorremmo poter buttar via quando sembra troppo faticosa, dolorosa, insopportabile, ma che siamo contenti di ritrovare non appena si aggiusta, si fa solo anche un minimo vivibile, senza pretendere troppo, senza aspirare al vigore della gioventù. Com'è difficile sindacare sul valore dell'unica opportunità a noi nota, l'essere vivi! E che sopruso negare il diritto di decidere in libertà. È la libertà, dopotutto, il bene irrinunciabile, l'ingrediente indispensabile alla vita. La scelta professionale di chi opera a tempo pieno per l'eutanasia mi appare faticosa, e tuttavia necessaria: mi colpisce il caso di un australiano la cui madre, irrimediabilmente malata di tumore allo stomaco, si era uccisa col Narbutan. Anche il figlio si è ammalato dello stesso tipo di tumore. Non si è (ancora) ucciso, però avere il Narbutan a portata di mano l'ha aiutato ad andare avanti serenamente per lungo tempo, senza l'angoscia di sentirsi intrappolato. Un paese civile è quello in cui non viene negato l'accesso all'ultimo farmaco, in cui non si è costretti a impiegare sotterfugi e ingenti somme di denaro per procurarsi quello che non si nega agli animali domestici.

Viene Giulio, gli faccio vedere il buco dove c'era la fritillaria, gli chiedo di guardare bene a volte il bulbo ci fosse ancora, nella montagnola di terra – c'è, anzi: ce ne sono due! Allora è chiaro che non è stato l'istrice, bensì Macchia: una tipica buca canina, dispettosamente scavata proprio nel punto marcato da tre lucide canne di bambù nigra. Fritillaria resurrexit!

Cos'è successo in questi giorni? Il mio tempo è stato divorato dall'elettroterapista. Comincio a non sopportarlo. Una di quelle persone incapaci di riconoscere di avere sbagliato. Per settimane, mi ha tenuta su un lettino, tre ore di seguito, un giorno sì e uno no. Ogni volta: Come va? Meglio? No, non va meglio. Ribatte lui: Cammini molto meglio! Ti ho vista, sei molto più sciolta. Accoglie i clienti con bonomia da venditore di saponette. Bellissima donna! Uomo stupendo! Grandi sorrisi. Potresti essere mia sorella! Si sente la crisi, dice, non riesco a riempire tutti i lettini. Cerca di convincermi che dei 210 euro a trattamento al massimo gliene restano trenta. Le spese, sapessi che spese! Quattro milioni di euro d'investimento, con tutte queste macchine. Hai idea di quanto costano le macchine? Quattro milioni di investimento? E da dove ti sono arrivati? Lavoravo all'aeroporto, allo smistamento merci. Dopo la laurea in medicina a Pisa. Ma avrai avuto lo stipendio, come hai fatto con un semplice stipendio a guadagnare così tanto? Eh… Bruttissimo, panciuto, bugiardo, arrogante, suona la fisarmonica, esorta a un'allegria a buon mercato. Una frode? Mago, lo definisce Gaia che me lo ha consigliato. Personaggio singolare, certo. Dall'amore, solo dall'amore dice d'essere spinto. Ma perché non lo insegni a qualcuno questo metodo, se funziona? Ma a chi vuoi che interessi! Prima di imparare chiedono tutti quanto si guadagna, appena capiscono che non c'è da guadagnare lasciano perdere. Ma io non mi lamento, sia chiaro. Hanno pure cercato di rubarmi i clienti, certuni che lavoravano da me. Ma io ho fatto in un modo molto semplice: mi sono piazzato sotto casa loro e li ho fotografati, e poi gli ho chiesto: vi pare questo il modo di fare, rubarmi i clienti? Dice che quelle macchine le ha inventate lui. E che succhiano un mucchio d'energia. Il conto dell'elettricità, hai idea, a tenere su tutta questa baracca? La baracca sarebbe un appartamentino al piano terra di un condominio di periferia. Mi offre il cappuccino: Hai sentito quant'è buono il mio cappuccino? Vuoi il caffè? Questi biscotti vengono dalla Puglia, squisiti vero? E la macchina per il caffè, hai idea di quanto costa? E la lavastoviglie? Centomila euro. Centomila? Certo, è una lavastoviglie professionale, fa tutto in un minuto. E lì dove faccio il caffè, hai idea di quanto costa un piano in acciaio disegnato appositamente? Guarda che se non vieni ti faccio pagare il doppio! Una decina di giorni fa è andato in Puglia per la seconda festa di matrimonio – suv bianco, due fisarmoniche dentro, il basset hound grasso quasi quanto lui. Aveva molta fretta di partire e per questo mi ha tenuta sul lettino elettrico quindici minuti meno. Telefona un cliente, oggi non viene, ha passato una brutta notte. L'infermiera: il professore è troppo buono, perfino le ASL fanno pagare se non si cancella un appuntamento con almeno 48 ore di anticipo. Il professore tace. Ma dove insegna? All'università, risponde come fosse ovvio. Nell'organico dell'università però non lo trovo. Un giorno arrivo di pessimo umore. Mi irrita sentirlo affermare che sto meglio quando a me non pare. Dovresti andare semmai ad ammazzare Erdogan, mi dice, arrabbiata come sei. Dopo, mentre mi mette le piastre elettriche, ho le lacrime agli occhi. Altre volte mi dice di sorridere e io lo guardo male, con un broncio scherzoso ma pur sempre broncio. Il problema è nella testa, mi dice, una volta ero a Santo Domingo, da una donna che viveva in una capanna col pavimento di terra battuta, per terra c'era uno dei suoi figli, invalido, ma lei ballava, ballava. Cosa agiti il culo con tuo figlio così, le ho chiesto. E cosa dovrei fare? Il passato è passato, il futuro non lo conosciamo, resta da vivere il presente. C'è di peggio, molto di peggio, conclude lui. Sfuggente come un'anguilla, ammannisce talmente tanti luoghi comuni da lasciare storditi. Ma chi sarà mai? Una specie di Gurdjieff, uno di quegli imbroglioni di genio che, ogni tanto, risolvono qualcosa come per magia? Oggi non ho preso altri appuntamenti. Ho voglia di liberarmene, è diventato solo un problema in più. Tornata a casa vado a innaffiare l'orto, bene o male ce la faccio, nonostante Macchia pestifera non la smetta di saltellarmi intorno per mordere l'acqua. Dopo tanta rabbia, dopo averlo odiato, dopo averne pensato tanto male, adesso, stranamente, mi sento bendisposta e mi pare quasi di camminare meglio.

Piove per fortuna, non c'è bisogno d'innaffiare l'orto.

Non credo ci andrò mai più. Suppongo di essere stata al gioco tanto a lungo per una sorta di curiosità. Affascinata dal trovarmi davanti un tipo che conoscevo solo dai libri. Al nostro primo incontro mi aveva detto che nulla ostacola la guarigione come restare delusi, aggiungendo: chi ha una malattia incurabile cade facile preda dei venditori di speranza, è più che mai vulnerabile allo sconforto generato dalle aspettative disattese, per questo ti dico subito che la mia non è una cura, e crea dipendenza, nel senso che, dopo un periodo intensivo di tre settimane, dovrai tornare ogni quindici giorni. Detto per neutralizzare in anticipo le difese? Per lo stesso motivo mi aveva comunicato che mi avrebbe dato le ricevute perché paga le tasse? È vero, consegna le ricevute. Non ricordo se ha esposto nel suo studio, incorniciato come usa negli studi medici, il diploma di laurea. Non ho pensato a guardare. Ormai mi sono messa in testa che è un impostore. Dubito di tutto. L'intera impresa mi pare spaventosa. Questi malati che per mesi stanno attaccati alle macchine otto ore al giorno. Come bambole che vanno gonfiate periodicamente. A costi astronomici. Questi malati si comprano a caro prezzo di denaro e di tempo una proroga alla loro esistenza materiale. È questo il grande equivoco. Si concentrano sul corpo, sul comprare energia per quel corpo ormai rotto, e probabilmente dimenticano tutto il resto – è come restassero aggrappati a ogni costo a riva quando è ormai chiaro che la corrente li trascinerà via.

Quello che provo adesso è questo: nulla di esterno mi potrà aiutare. Se una guarigione arriverà, sarà da dentro me stessa. Dal mio riuscire o meno a riparare la radice. Sento che la mia è una malattia spirituale. Nasce da un errore. Ho perso i piedi quando ho imboccato la strada sbagliata.

Prima di andare fuori strada, quello che sentivo di voler fare era questo: dispormi in stato di preghiera, vivere in contemplazione quanto stava accadendo, l'inizio del mio venir meno, purificarmi da ogni attaccamento. Lasciarmi distogliere dal mio intento ha disintegrato la mia persona, fatto impazzire la mia energia. Ora devo riprendere, per quanto possibile, il cammino interrotto.

Piove ancora, piacevolmente tiepidamente umido. Alle piante e agli uccelli piace.

Peccato. Cos'è? Venire meno a ciò che sentiamo essere bene. Il peccato disintegra l'unità della persona, scrive Florenskij. Restano più meccanismi simultanei, sconnessi l'uno dall'altro. Chi è corroso dal peccato non è più malvagio di altri. Ma è freddo dentro, ha azzerate le energie vitali e morali, che si neutralizzano a vicenda spingendo in direzioni opposte, e soprattutto: permettendo la simultaneità di comportamenti e identità tra loro incompatibili. Il peccato non è una colpa – è una malattia dell'anima.

Dio. Si può essere frivoli nel parlarne. Affermazioni nel corso della mia vita: «Non sono sicura dell'esistenza di nulla salvo di quella di Dio»; «Credo in tutti gli dèi nessuno escluso: quelli della mitologia greca e latina, del cristianesimo e dell'islam e dell'ebraismo, di induisti ed etruschi. Ogni religione è come una lingua, forse che in una lingua si dicono cose più vere che non in un'altra?»; «È così comodo attenersi ai dieci comandamenti, ci risparmia di doverci interrogare ogni volta sulle singole azioni. Come in Auden: *praise your parents who gave you a superego of strength, that saves you so much bother* – loda i genitori per averti dato un super-io forte, ti saranno risparmiate tante seccature. Più personale, mai detto a nessuno: «Nulla è più importante per me del sentirmi connessa a Dio». Ma questo Dio, c'entra forse con una qualche particolare chiesa, religione, clero, culto, testo sacro? No. Perché questo Dio è qualcosa d'indefinito e impalpabile, forse da nulla assente, forse coincide con la creazione non creata. Ma qui vado già verso la metafisica. Preferisco restare in una dimensione più intima. Dunque: questo Dio è qualcosa di indefinito e impalpabile, una percezione, una premonizione, un'esperienza e un vissuto, una bussola interiore, in uno spazio non tanto diverso da quello della libertà interiore. Spinoza lo definiva sommo bene, diceva che aveva un'esistenza meramente filosofica. Cosa vuol dire questo? Non lo so, devo capire meglio Spinoza, di cui amo il *Deus sive Natura*. Per me, dire che Dio ha un'esistenza filosofica equivale a dire che chi ama la *Sophia*, una ragione che è più saggezza che mera *ratio*… ho perso il filo, con questo inciso. Succede così, avventurandosi a parlare di Dio: l'argomento è sfuggente, si cela. *Deus absconditus*. Dunque, riproviamo: chi ama una ragione che è più saggezza che mera *ratio* avverte l'esistenza di Dio – ne percepisce, ne intuisce, ne sente la presenza, il disegno, la forma, l'idea di sommo bene, di bellezza. Avverte un qualcosa soggiacente al caos apparente della contingenza. Avverte forse, semplicemente, la traccia di un orientamento? Diventa consapevole di una possibilità concreta di salvezza? Salvezza non è necessariamente salvezza nell'aldilà. Anzi, questo genere di salvezza mi pare irrilevante. Pensare la salvezza vuol dire rendersi conto che esistono vie buone e cattive; discernere tra una via e l'altra richiede concentrazione, purificazione, lavoro. Dimenticarsi di pensare e di vivere nella dimensione della salvezza significa lasciarsi trascinare dalla corrente.

Il giardino è diventato immenso, troppo grande da percorrere in una volta sola. Mi metto a sedere sulla panchina – non l'avevo mai fatto: non ne avevo mai avuto il tempo, prima. Sto lì seduta, mi sorprende quello che vedo: il rosa carico del malvone appena fiorito, il finocchio bronzeo che affiora leggero dalle cortine di bosso, i bulbi di certi fiori gialli, profumati, tra un tronco di pero a spalliera e l'altro. Il giardino, diventato così grande da parere un mondo a sé, è davvero il luogo ideale per vivere questo ultimo lungo, lento commiato dal mondo.

Avevo scritto tempo fa a padre Sophronios, un monaco greco ortodosso che ha raccontato la sua esperienza della malattia. Leggendo della sua vita in un antico monastero di Creta, mi erano tornate in mente le occasioni in cui, conquistata dall'incanto di un semplice monastero di pietra su un colle di olivi e fichi, in un silenzio smosso dalla brezza che arrivava dal mare, avevo vagheggiato di scegliere, un giorno, di vivere in un posto del genere. Non l'avevo mai fatto per timore di rapporti difficili in comunità, ma soprattutto perché mi sapevo non motivata da autentica vocazione. Una volta che gli ho accennato a un momento difficile, padre Sophronios – che a giudicare dalla foto pare più giovane di me – mi ha risposto di trovare un grande aiuto nella preghiera a Gesù, che conosco dalla *Via di un pellegrino* e da una novella di Salinger a me molto cara, *Franny & Zooey*. Glielo avevo scritto, chiedendogli cosa volesse realmente dire pregare, e se la preghiera a Gesù non fosse mal tradotta: nel chiedere pietà non si insinua forse l'idea che Gesù possa volere infliggere malattie e sofferenze? La preghiera è la nostra conversazione con Dio, mi ha risposto; morte e malattia non vengono da Dio, ha continuato lasciandomi stupefatta di fronte alle sue certezze: che Dio ci abbia creati perfetti e per l'eternità, che la Caduta abbia corrotto il Paradiso e che da allora la nostra esistenza sia lontana dalla perfezione che Dio aveva inteso per noi, che Gesù ci è stato mandato per la nostra redenzione, e che dispiaceri e difficoltà sconfiggono quell'ego che ha provocato la Caduta e generano quell'umiltà che apre le porte del Cielo.

Spio i boccioli di rosa, dal loro primo apparire minuscolo, serrato, come di scrigni in miniatura ora rotondi ora allungati, talvolta coi sepali disposti capricciosamente a zampillo. Ognuno mi punge di tenerezza mista a curiosità per i toni, le forme compresse all'inverosimile. Finché qualcosa trapela: la stretta dei sepali si allenta mentre il fiore preme per aprirsi incontro alla luce. Per il bocciolo è la resa, finché le parti si invertono: la coroncina dei sepali piegata, sconfitta al piede del fiore trionfante, ora disegnato con linee Art Nouveau, ora fluido come nella chiazza di colore di un impressionista, ora dai petali disposti in corolla semplice, come in un codice miniato.

Un pensiero affiora talvolta alla coscienza come una sensazione, un'assurdità da scacciar via come una mosca: che la malattia sia conseguenza di una menzogna, di un peccato. Pensiero di cui mi sono vergognata quando, a mia volta ammalatami, ho ricordato come, da giovane e sana, avessi osservato caviglie gonfie, deambulazioni sostenute dal girello, andature stente, e tutto quello che, in generale, fa del malato un assai poco bel guardare, con un misto di insofferenza e disprezzo. Sorretta infine dal bastone – prima uno, poi due – mi sono stupita della gentilezza con cui mi trattavano. Ecco la prova: gli altri sono più buoni, più umani di me. Perché il mio atteggiamento di fondo era: che esseri inutili, sgradevoli, che ingombro per il mondo, questi malati. Negli ospedali, piombavo nella tristezza: cosa sono queste gigantesche officine per la riparazione di corpi rotti? Tante preziose risorse sprecate per prolungare l'esistenza di esseri malaticci, paralizzati, talvolta antipatici, incapaci di badare a se stessi, vecchi se non decrepiti, mentre altrove mancano i mezzi per nutrire, educare, curare persone altrimenti piene di salute, vita, gioia? Questo squilibrio di risorse non cessava di turbarmi. Adesso, pur costretta mio malgrado a considerare con indulgenza i malati, la sensazione che la malattia sia scattata in me per qualcosa di cui sono in qualche modo responsabile non mi abbandona. Non è «scientifico», eppure, non so che farci, sento che io sola posso riparare quanto si è guastato quando ho lasciato che la mia energia si muovesse in direzioni tra loro opposte, in una lacerazione che escludeva qualsiasi armonia interiore.

In questi giorni sono fioriti gli acanti. Spighe altissime come spuntate dalla notte al giorno. Sulle spighe fiori dalle grandi labbra, bianco sporco e color vino. Bombi, api, e altri insetti di cui non so il nome, alcuni nerissimi, c'entrano dentro, metodicamente, un fiore dietro l'altro. A volte li vedo entrare, altre ne indovino la presenza da un fremito dei petali. Rapide incursioni predatorie. Bello, fare sesso tra emissari di regni diversi.

Anche i gigli sono fioriti: chiazze di un bianco abbagliante che nel crepuscolo scorgo dalla cucina, attraverso la lunetta che affaccia sulla finestra della legnaia. Nella luce indistinta che segue al tramonto, i gigli sembrano emanare luce propria; coi contorni tanto ben delineati, si direbbero assai più vicini.

Continuo a interrogarmi sulla professione di fede di padre Sophronios. Mi chiedo come sia possibile tanta certezza. Ho sempre avuto più dimestichezza col non sapere che col sapere. Giorni di insoddisfazione, poi questa sera, guardando il cielo incorniciato tra il grande leccio e il cipresso, mi pare di trovare una risposta. Non è questione di sapere, ma di amare. Io nulla so e nulla posso dimostrare, però amo. Amo l'Adagio del quartetto op. 132 di Beethoven, «Heiliger Dankgesang», la severa Madonna di Piero della Francesca con la sua coorte di angeli siderali, il Cristo coronato di spine di Beato Angelico e le sue Annunciazioni, le storie di Gesù, la Trinità di Andrej Rublëv, amo Dio, il creato, la preghiera, amo e provo tenerezza per tutto questo, desidero sentirmi connessa all'energia dell'Amore e mi rasserena contemplare il

Bene. Mi è estraneo il Credo e più che mai il catechismo, mi ripugna che mi sia richiesto di mentire a me stessa affermando di credere cose di cui nulla so né posso sapere. Nel dogma – asservimento, nell'amore – libertà. «Sei credente?» – domanda per me insensata. «Sei amante?» – oh sì, amante! E tuttavia la professione di fede di padre Sophronios mi è cara e mi commuove: ha tutta la bellezza e la forza di un'icona.

Dio com'è bello il vento svelato dall'agitarsi frenetico delle foglioline del tremolo, ora un grande albero, ma quando lo trovai un fusticino nato per caso dentro un vaso di *Cistus ladanifer*. Era l'inizio della trasformazione di un podere abbandonato in giardino, un ettaro e mezzo di tabula rasa dove permettersi il lusso di sistemare qualsiasi trovatello. Ora è tutto cambiato: finita l'epoca della clemenza, chiunque abbia l'ardire di spuntare va estirpato senza pietà. Non ci sono più posti liberi, la popolazione ha raggiunto il climax. Non resta che la strage degli innocenti. Non più nascite accolte, ormai. Solo la maturità, splendida, dei fusticini di un tempo.

Quanti rischi nella vita di una farfalla. Una vanessa dalle ali di un vivo rosso cinabro su fondo nero entra per sbaglio nel mio studio. Cerca invano di attraversare la vetrata, sbatte disorientata le ali. Più tardi, all'imbrunire, si scaglia contro la luce dello schermo. Chiudo il computer e apro la porta, perché si diriga fuori, verso quel che resta del giorno. Sennonché Macchia, messa sul chi vive dallo sbatter d'ali, è appostata in posizione di caccia. Ben due volte temo se ne sia fatta un boccone. È andata così, mi dico, quando mi accorgo che invece la vanessa si è salvata. In ritardo, vola verso la porta ormai chiusa. Riapro, cerco di indirizzarla fuori con la stanghetta degli occhiali. Invano. Chiudo un'anta e apro l'altra, poi gentilmente con una canna la invito a uscire. Questa volta capisce. La vedo levarsi alta in volo. Me ne resta un senso di turbamento. Contingenza del nostro essere al mondo: all'incrocio imprevisto, apparentemente fortuito, di catene causali diverse. Dal loro intersecarsi le possibilità di vita possono venire accresciute oppure scemare. Le zanzare, per esempio: di cosa si nutriranno quando non trovano nessuno da pungere?

Mi sono vestita con cura per andare a un pranzo letterario. Raggiunta l'auto, colta da sgomento all'idea di affrontare l'autostrada, il caldo, arrivare già sfinita, lascio perdere. Torno indietro, mi cambio, mi accorgo che mi basta la compagnia dei fiori – l'*Amaryllis* bianco appena sbocciato, l'epifillo scarlatto quasi sfiorito, le spighe d'acanto – e Macchia. Non mi trovo già in un luogo dove sono felice, dove posso respirare e lavorare?

Torno alla lettura del *Fedone* – mi accorgo di scrivere sul quaderno appunti quasi identici a quelli che trovo, buttati giù chissà quando, sul retro del volume. Avevo dimenticato. Come mai leggevo il *Fedone*? Forse all'inizio del progetto poi sospeso di scrivere del giardiniere e della morte? O semplicemente pensando a quanto afferma Socrate, che il compito più importante è prepararsi alla morte? È convinto che l'anima sia immortale e incorruttibile, o quantomeno pronto ad assumere il rischio di prestarvi fede, lasciarsi incantare dalla credenza nell'aldilà. Somiglia per certi aspetti all'idea cristiana, il suo pensiero. Comunque, l'essenziale è questo: il nostro unico compito è purificare l'anima, praticare la virtù, amare la sapienza, il coraggio, la giustizia, la libertà. Una cosa mi colpisce: come la morte di Socrate paia il prototipo di ogni trapasso compiuto in stato di lucidità, con intorno gli amici. Gli viene somministrato il farmaco, la cicuta – questo atto mi ricorda l'eutanasia col Narbutan dei filmati di Exit e Dignitas. Cosa accomuna queste azioni superficialmente simili? L'accettazione della morte senza cercare di trovarne a tutti i costi scampo, mantenendosi saldi fino all'ultimo.

Sono stata a Génissac, non lontano da Libourne, per passare qualche giorno nella casa di campagna di Christine. Un giardino incantevole, di grande naturalezza, nella stupenda campagna tra Bordeaux e St. Émilion, con le rose che incorniciano le finestre e, quando c'è vento, oscillano come tende. In viaggio ho terminato di leggere Derek Jarman, di Florenskij solo poche pagine. Oggi, prima domenica finalmente solitaria a casa, leggo la quarta lettera di *La colonna e il fondamento della verità*: su Dio come amore, luce, verità, bellezza. Sento che il pensiero di Florenskij mi guarisce. Vi trovo le mie più profonde persuasioni. Idee in cui mi riconosco senza sforzo, e che per questo mi danno gioia. Come ritrovarsi a casa. In Jarman avverto invece un fratello di sventura – mi commuovono la sua sofferenza, il coraggio nell'affrontare la perdita progressiva delle facoltà: fino all'ultimo, o così almeno pare, perché il diario s'interrompe parecchi mesi prima della morte. Cieco, continua a lavorare, viaggiare, in ospedale durante le flebo scrive, e sfronda, sfronda: come gli pare ormai estraneo il mondo del cinema. Bello che incontri l'amore proprio alla fine, quando non è più in grado di fare sesso, e non resta che la tenerezza.

Non ci sono tassi barbassi quest'anno: vittime del nuovo ordine giardiniero? Per anni sono sopravvissuti allo sfalcio: marcavo ogni loro rosetta con una canna, in modo da non passarci sopra col tosaerba. Ma l'ultimo anno e mezzo non l'ho fatto, me ne è mancata la forza. Sarebbe triste avere perso quelle meravigliose piante alte, gialle e pelose. In compenso i malvoni svettano altissimi, rosa carminio alcuni e altri di un rosso cupo che ricorda lo smalto da unghie di certe maliarde termali negli anni Cinquanta. Mi piacciono questi fiori che s'innalzano all'improvviso mutando il senso dello spazio. I fiori d'acanto che, verdi e mimetizzati fino all'ultimo, si notano solo al primo sbocciare, il finocchio selvatico dentro le cortine di bosso che si alza e si allarga a vista d'occhio. Martino, il figlio di Laura, ieri se n'è mostrato entusiasta. Gli avevo confessato di essere molto fiera di questa mia idea paesaggistica. Lui, con entusiasmo infantile, l'ha definito mitico, geniale. Gongolavo.

Ritrovo una cartolina che tenevo appesa sopra la cuccia di Nino. Raffigura un asceta: Kukkuripa, l'amante dei cani, uno degli ottantaquattro Mahasiddha. Questo Kukkuripa, un bramino, aveva rinunciato al mondo per vivere da mendicante. Un giorno trovò al margine della strada, in un cespuglio, un cucciolo allo stremo delle forze. Lo prese e lo portò con sé in una grotta vicino a Lumbini. Quando usciva a cercare cibo, il cane – o forse la cagna – restava a fare la guardia alla grotta. Per dodici anni Kukkuripa si prese cura del cane, intanto praticava il tantra. Grazie alla pratica assidua, fu trasportato nei paradisi sensuali degli dei, dove ogni piacere, non importa quanto piccolo, procura una gioia infinita. Tuttavia, nonostante tanto agio, Kukkuripa non riusciva a smettere di pensare al suo cane, triste solo e abbandonato nella caverna, forse affamato. Decise così di lasciare il regno degli dei e le loro magnifiche feste. Tornato alla grotta, il cane lo accolse festosamente. Non appena Kukkuripa lo prese tra le braccia, il cane si trasformò in dākinī di saggezza. Lodò Kukkuripa per avere superato le tentazioni del paradiso, gli insegnò come unire compassione e intuizione nella perfezione del mahāmudrā. Ecco, avevo pensato leggendo la storia di Kukkuripa, anch'io, come lui, mi dedicherò alla felicità del mio cane, nulla me ne potrà distogliere. Invece non è andata così, non sono stata capace di stare veramente vicino a Nino quando si è ammalato e poi è morto. Ricordarlo mi addolora.

Che peccato! Questa espressione è un modo comune di esprimere rammarico. Suggerisce l'intuizione che il peccato non sia soltanto essersi macchiati di una qualche indiscutibile gravissima colpa, ma più semplicemente avere mancato il bersaglio, non essere riusciti a realizzare quanto avremmo voluto.

Fa molto caldo, devo rannicchiarmi in casa per conservare un po' d'energia. Una breve passeggiata in giardino, nel tardo pomeriggio. I malvoni sono in fiore – mai più di cinque o sei corolle per volta. Un'astuzia di sopravvivenza: in questo modo moltiplicano le possibilità di accoppiamento e quindi discendenza. Non dispiegano le risorse tutte insieme, ma un poco per volta lungo la spiga. Una civetteria: qualcosa mostrano, il resto lo nascondono e tengono ben chiuso. Che aria stupida avrebbero, coi fiori tutti sbocciati in simultanea, come in un mercato all'ingrosso.

Il giardiniere e la morte. La realtà non è come l'avevo immaginata. Tutto si affievolisce, con lo scemare delle energie. Il confronto con quello che potevo ancora fare l'estate scorsa mi rattrista. Col bastone, certo, però ero stata ugualmente due volte a trovare amici in Sardegna, viaggiando da sola – o meglio, una volta con Macchia. Non credo che quest'anno ce la farei. E in ogni caso adesso i bastoni sono due. Non mi era mai capitato di restare malata tanto a lungo. Così diverso dalle febbri alte che capitano da giovani, quando si arriva quasi al delirio per poi risvegliarsi a una dolce convalescenza, con quella sensazione meravigliosa delle energie che tornano. Questa volta non accadrà nulla del genere. E il giardino diventa sempre più qualcosa che guardo dalla finestra, di cui sento la presenza, con rare passeggiate intraprese con lo stesso spirito con cui da sana mi sarei preparata a una partenza per l'Himalaya. Ci sono cose da organizzare, ne sento incombere la fatica. Trasformare la biblioteca in appartamento per qualcuno che mi assista, probabilmente Giulio. Bisogna svuotare le librerie, fare una cernita dei libri. Potrò salvarne pochi, forse nessuno di quelli scelti dalla biblioteca di mio padre con l'idea di leggerli più avanti. Non ci sarà, questo più avanti. Posso solo rammaricarmi di non averli letti subito. Strana sorte: anche mio padre si è ammalato quando, ormai in pensione, si riprometteva finalmente di godérseli, quei libri messi da parte con l'idea di leggerli dopo. Come nei versi di Puškin: *È tempo, amica mia, è tempo / Pace impetra*

il cuore / Si rincorrono uno dietro l'altro i giorni / E ciascuna ora si porta via / Un frammento d'esistenza / E
mentre progettiamo di vivere / Proprio allora si muore.

Come al tempo della peste, sia pure al rallentatore,
tutto resta interrotto nel bel mezzo del banchetto.

Cupi, desolati pensieri svaniti ieri sentendo tornare
l'energia: al crepuscolo, mentre scrivevo la pagina per
Gardenia di settembre. Mi sono ispirata a una cosa ca-
pitata mentre Lenuca mi aiutava a fare ordine tra i libri,
decidere quali tenere e quali invece vendere. A un certo
punto da uno scaffale è cascato un foglio arrotolato. L'ho
spiegato immaginando di trovare un disegno, invece era
una vecchia locandina del quotidiano locale (mi sarebbe piaciuto scrivere «bugiardo», ma questo è un uso to-
scano quasi dimenticato, e non volevo fare la preziosa)
conservata per via del titolo cubitale: «Ucciso dall'albero
che stava tagliando». L'avevo fatto vedere a Lenuca pensando si sarebbe divertita quanto me per il curioso giro
di frase che non esclude nell'albero intenzioni di giusta
vendetta. Mi sono accorta di averla sconcertata. Quattro
mesi fa, mi ha detto, un ragazzo rumeno è morto per via
di un albero cascatogli addosso mentre lo abbatteva. Una
morte sul lavoro. Mi sono sentita in colpa: per il mio sentire frivolo, unilaterale, da partigiana delle forme di vita
aggredite dalla nostra specie. Come mai non avevo provato nessuna pena per l'uomo, o se anche il sentimento
m'aveva sfiorata, come mai avevo preferito abbandonarmi a un entusiasmo vendicativo degno di una *tricoteuse*?
Forse mi sono spinta troppo in là nella mia insofferenza
per quanto gli uomini infliggono alla natura?

Al pomeriggio riprendo con Lenuca la cernita dei libri. Sono pieni di foglietti, appunti, ritagli di giornale. Butto via senza leggere, non c'è tempo. Indugiando, certo, potrei fare scoperte interessanti, ma preferisco alleggerirmi in fretta, lasciare al caso cosa resterà e cosa no. Non è così che avviene comunque nel vortice delle cose? Tendo a conservare i libri con lunghe dediche di mio padre a mia madre, e viceversa. Frammenti della loro vita prima della mia nascita.

Un foglietto caduto dalla *Certosa di Parma* tuttavia mi incuriosisce – appunti presi chissà dove, che non mi pare abbiano nulla a che fare con Stendhal, piuttosto col mio rimuginare sul tema del ritiro dal mondo:

«L'eremita si sottrae alla *vanitas* nella sua forma più vigorosa, talmente veloce e dirompente da non potere venire contemplata, si rifugia in luoghi dove il tempo scorra più lento, dove prevalga il ritmo ciclico delle stagioni, quella dimensione che permette al ripetente di guardare ancora una volta, se non proprio lo stesso spettacolo – mai la stessa acqua scorre nel fiume – quanto meno qualcosa di simile. Il ritmo più lento facilita la contemplazione. Non escludo che dopo anni di allenamento solitario, l'eremita abbia muscoli contemplativi abbastanza allenati da potersi immergere nel turbine della vita mondana e, anche lì, mantenere lucido e penetrante lo sguardo.

«Cosa fa dunque l'eremita realmente? Cerca un luogo tranquillo, dove contemplare lo scorrere del tempo, penetrarne la scorza fino a percepirvi dentro l'eternità dell'istante. Seduto su una zattera sballottata dal mare agitato del nulla, trasforma il suo *memento mori* – il suo rifiuto di lasciarsi ingannare – in connessione con la sorgente profonda e invisibile della vita.

«Il *memento mori* dell'eremita è conquista dell'immortalità. Non di quella fisica, di quella interiore. Che l'aldilà ci sia o meno, è questione oziosa, metafisica e irrisolvibile. Una forma di aldilà tuttavia esiste, si trova dentro di noi. Come un'intuizione che ci permette di attraversare il dato fisico quasi fosse incorporeo. Credo somigli allo spazio infinito che talvolta, meditando, diventa quasi palpabile nella sua inafferrabilità.

«L'eremita accetta di venire creato e cancellato dalla natura, in questa sua accettazione prova la dolcezza di connettersi al vero e all'eterno».

Queste annotazioni mi riportano alle mie fantasie di bambina spaventata dalla violenza degli scontri tra i grandi. Ricordo un mio tentativo, ridicolo assai, di sottrarmi alle turbolenze di quella società in miniatura detta famiglia: avevo chiesto di restarmene sola nella mia cameretta, ma che mi fosse lasciato un vassoio di cibarie dietro la porta. Il fascino della figura dell'eremita crescendo si è poi attenuato, qualcosa però ne è rimasto nella sete di ampi spazi, di solitudine e contemplazione. Non in una foresta, non tra cime aguzze di monti e nemmeno nella Tebaide, ma semplicemente in giardino.

Alessandra viene a prendere Macchia per portarla al mare. Macchia in riva al mare è felice, con il suo pubblico di bambini adoranti che le gettano legnetti in acqua. Io non posso più giocare con lei. Non so se si rende conto che è perché mi muovo male, e non perché mi è meno cara di prima. Tutti i bambini le vengono intorno, vogliono stare con lei. Lo so, Macchia vorrebbe non lasciare mai la spiaggia e quel materiale cedevole, la sabbia, dove è tanto divertente far rotolare i palloni e affondare le zampe. È bene che si disabitui a me, che io non le sia indispensabile, che frequenti altre persone che le vogliono bene. Questo mi toglie una preoccupazione ancora più grande che non pensare cosa ne sarà del giardino, quando non ci sarò più.

Sto leggendo la decima lettera di Florenskij, sulla lettera *a*. Come mi è familiare quanto dice! L'indivisibilità di verginità e contemplazione. Non c'è da storcere il naso di fronte alla parola verginità, non si tratta qui della verginità leziosa di certo cattolicesimo sentimentale capace di condonare le peggiori nefandezze purché sia mantenuta la facciata del perbenismo sessuale. Bisogna però tradurre, perché la parola verginità si presta a equivoci. La coppia verginità/contemplazione va intesa nel senso di non-concupiscenza/non-identificazione. Quando leggo testi cristiani, mi viene da comprenderli attraverso quanto insegna il buddhismo theravāda. In quel modo, diventa tutto più chiaro, è come sfrondare dalle incrostazioni clericali. Florenskij: «Ripeto, e non mi stancherò di ripetere, che l'ascetismo cristiano e la valutazione assoluta del creato, la verginità e il portare lo Spirito, la conoscenza della divina Sapienza e l'amore per il corpo, lo sforzo ascetico e la conoscenza della Verità assoluta, la fuga dalla corruzione e l'amore, sono lati antinomici della medesima vita spirituale, strettamente connessi come le facce di un dodecaedro regolare».

La sera, a cena sulla spiaggia con David e Macchia.

Nella griglia ritmica di capanni e cabine, il sole color tramonto è una fessura di fuoco. Il cielo con la luna nuova passa da un tenue azzurro chiazzato di rosa a un madreperla cinereo. Un bambino forse non del tutto felice lancia gridolini di gioia mentre gioca con Macchia. Fattosi ardito, mi punta il dito sulla spalla. Quanti mesi ha, il cane? Mesi!?! Ha sette anni. Macchia fa la pipì sulla sabbia. Cattiva, le dice il bambino. Cattiva? Tu non fai la pipì? Io la faccio, la pipì, e anche la cacca. Ogni tanto, si accende il riquadro di luce inorganica di un cellulare, lo schermo di un computer. Più calda, e dall'aspetto chissà perché più vivo, la luminosità dei paralume ai tavoli del bagno accanto.

È venuta Francesca, giovane fidanzata del figlio di Tommaso, a scegliersi i libri russi. Che sollievo, vedere partire tutti quei pesantissimi tomi – formalismo russo, versificazione, semiotica… A mano a mano si formano due grandi mucchi. Dopo che Francesca se ne va, tuttavia, mi riprendo i due volumi di una biografia di Blok e la vita di Solomon Lur'e. Riconosco nella ventitreenne Francesca l'avidità di libri di quando ero giovane. Chissà se li leggerà davvero. Io mi accorgo di averne comprati tanti di cui non ricordo più nulla, che forse ho soltanto consultato. Si renderà conto, Francesca, che le sto anche passando un fardello?

Mi sono ripresa la biografia di Blok perché è un contemporaneo di Florenskij, e la biografa è la stessa, Avril Pyman. Il poeta simbolista, il filosofo del simbolo. Florenskij ideatore di una utopia ortodossa. Tanti, all'epoca, vivevano nella premonizione di qualcosa che stava per accadere. Un'utopia nell'aria che a breve si sarebbe manifestata come l'asteroide in *Melancholia* di Lars von Trier: la rivoluzione.

Pare che la mia sia una polinevrite, dice un altro medico. Si chiamerebbe anche sindrome di Guillain-Barré. Potrei quindi anche guarire? Chissà. Quando s'ignora la causa di una malattia, ogni congettura è possibile.

Da Massimo il Confessore: «Una volta stavo seduto guardando fisso il giardino. Improvvisamente dagli occhi della mia anima cadde un velo e davanti a essi si aprì il libro della natura. È il libro che fu dato da leggere al primo Adamo e che contiene le parole dello Spirito, come la Sacra Scrittura. E che cosa lessi nel giardino? L'insegnamento della risurrezione dei morti».

Il giardino in questo periodo è come sospeso. Ci vado poco. Al massimo un'occhiata all'orto. L'altro giorno, quando sono venute Paola e Angela, siamo andate nel frutteto fino al gelso siciliano, per mangiare le more nere, squisite. L'ultimo campo, quello sotto la collina, non lo vedo da tempo: mi fa male il ginocchio – un errore d'altezza di seggiolino con la cyclette – e la passeggiata fin lì è troppo lunga. Evito fatiche inutili. Il giardino con questo caldo è un piacere solo al crepuscolo, o all'alba. Ma al mattino non sono pronta prima delle nove – è lunga la preparazione al giorno: la crema Budwig, gli esercizi per mantenere, forse accrescere la mobilità delle gambe. È questo il principale lavoro mattutino. Ho la sensazione che stia volgendo al termine il lungo tempo della dispersione delle energie – una cosa palpabile, adesso che sto epurando la biblioteca, e ogni libro non letto, ogni libro che mi affatica possedere, rappresenta uno dei mille rivoli in cui ho dissipato energia vitale. La biblioteca cui aspiro è modesta, con ogni libro un rapporto intimo, di familiarità e amicizia. La guarigione, se mai avverrà, sarà un processo più lungo del previsto. Sono stata davvero un po' ingenua a immaginare di guarire entro marzo di quest'anno grazie alla dieta.

Leggo sul *Domenicale* il testo bellissimo scritto da Amartya Sen in ricordo di sua moglie Eva Colorni, morta di tumore allo stomaco a quarantaquattro anni. Eva ha aiutato i suoi bambini a vivere dopo di lei scrivendo «una lunga lettera da dare loro dopo la sua morte, in cui spiegava come le cose si sarebbero messe per loro e come avrebbero potuto trovare un atteggiamento positivo verso la vita. Era una lettera straordinaria che ebbe su di loro un impatto determinante... E quando tornai dall'ospedale all'imbrunire del 3 luglio [1985] subito dopo la morte di Eva... lessi ai bambini la lettera mentre erano sopraffatti dalla terribile notizia. Anzi, leggemmo la lettera insieme più e più volte. La lettera ebbe su di loro un profondo effetto stabilizzante, e io credo che abbia anche fatto percepire loro la presenza della madre... Invece di essere soltanto oggetto di tragica memoria, Eva ha continuato a restare uno spirito guida nelle vite dei bambini, e la sua preveggenza nel capire l'utilità di un messaggio di questo genere ha fatto, io credo, una differenza sostanziale». Ecco, un esempio di come possa dispiacere morire per chi resterà senza di noi.

Un anno fa ero in Sardegna da Antonella per la festa della Maddalena. Questa mattina, flebo di immunoglobuline all'ospedale pisano Santa Chiara. L'infermiera Vincenza dice che le bollicine d'aria non sono pericolose. Io le temo. Assai stanca. È faticoso, alzarsi alle sei, guidare, stare quattro ore in quella stanza col chiacchiericcio noioso. Mi pare che camminino tutti. Io sono l'unica con i bastoni.

Secondo giorno di flebo – mi sto abituando, non è poi così male partire la mattina presto, quando fa ancora fresco. Anche oggi mi sono portata un libro preso dalla catasta di quelli da vendere (*Stella meravigliosa*, di Mishima), dopo averlo finito l'ho lasciato lì, per la biblioteca della sala d'attesa, o forse per Vincenza, che pareva incuriosita. C'è qualcosa di tragicomico in questi corpi attaccati alla flebo, uno accanto all'altro, in una sorta di mungitura meccanica all'incontrario. Per esempio, sarà davvero così importante tenere in vita quel signore coi mocassini, i pantaloni e la maglietta blu e tra le mani la *Gazzetta dello Sport* rosa? Perché prendo di mira proprio lui, tra noi sei? Forse per la sua pelle abbronzata, la sua aria sanissima, il suo aspetto di uomo standard. Di uomo dall'apparenza assolutamente normale.

Quarto giorno di flebo. Col mal di testa, forse ieri me le hanno fatte troppo velocemente, o forse per la giornata troppo affollata di impegni. Ho sonnecchiato quasi tutto il tempo, con un senso di spossatezza indotto anche dall'afa. Gli altri chiacchieravano animatamente. A un certo punto ho provato la sensazione di trovarmi a teatro, a guardare uno strano spettacolo dove gli attori, sdraiati sulle poltrone, erano attaccati alle flebo. Di cosa parlavano? Non ricordo, con questo caldo i pensieri svaporano. Cose della vita di tutti i giorni. I figli, il mare, la voglia di panino con la mortadella di quel signore pieno d'energia, oggi coi pantaloni rossi e la camicia a righe azzurre e la catena d'oro sul petto – porta anche lui una sorta di molla di Codeville al piede sinistro, eppure, quanta energia, e come cammina bene. In quella stanza la più fiacca sono io, la più malconcia, la più afflosciata. C'è una donna giovane, non avrà nemmeno trent'anni, a guardarla è impossibile dirla malata. Oggi c'era un'altra donna giovane, meno però, dalla voce un po' gutturale. Per questa vivacità, questa energia di persone sane, mi ha fatto pensare a un set teatrale. A me pare di non essere più buona a nulla, nemmeno a scrivere questo libro. E comunque fa troppo caldo per sentirsi giardiniere – me ne sto tappata in casa, con l'aria condizionata.

Venerdì, ultima flebo del ciclo. Ieri è stato il giorno peggiore: sfinita, febbricitante. Oggi va bene. È stata una curiosa mattina: la giovane donna ha portato un vassoio di croissant per festeggiare «la fine della tortura», come ha detto Vincenza, la bravissima infermiera. Un grande chiacchierare. A differenza di Lucca, qui a Pisa i pazienti sono al di sopra di ogni sospetto: giovani, atletici, abbronzati, pieni d'energia. Però tutti attaccati alla flebo. L'effetto è surreale, un po' come in quel racconto di Landolfi dove d'inverno gli abitanti di un certo castello vengono appesi a dei ganci come bisacce vuote. Quel signore che ieri sognava un panino con la mortadella mi ha detto che lui il ciclo di flebo lo fa ogni quindici giorni, per tre giorni di seguito. Aveva trentadue anni quando una notte, di colpo, durante un'influenza, si è trovato del tutto incapace di muoversi. Poi in qualche modo si è ripreso – solo il piede sinistro è «in avaria», ha perso in modo irreversibile i nervi peroneo e tibiale. Ma con un supporto speciale – qualcosa che ha inventato lui, meglio della molla di Codeville – cammina senza bastoni – senza le mazze, dice lui – va in barca, vive come se nulla fosse. Chissà, forse ho fatto male a rifiutare di continuare le flebo un anno fa. Non riuscivo ad accettare l'idea di vivere con l'obbligo periodico di venire segregata in ospedale ogni tre mesi. Da allora, tuttavia, mi sono dovuta abituare a tante cose che, dapprima, avevo trovato inaccettabili, considerato soltanto un'intollerabile perdita di tempo. Fino ad arrivare alla situazione attuale: dove il rapporto tra tempo «vissuto» e tempo dedicato alla sopravvivenza è invertito. Lavoro e scrivo e vivo nei ritagli di tempo, il resto è manutenzione.

Aspetto Sarina e David in ritardo per via dell'idraulico – sono già seduta fuori, dal lato del monte, quando telefonano che non arriveranno prima delle nove. Non mi sposto, resto lì seduta, così da non dovere fare di nuovo le scale quando suoneranno il campanello. È un momento meraviglioso. Quanta ricchezza nel rimanere inattivi, fermi, attenti a quanto succede intorno. Il mio starmene immobile svela una vita furtiva. Le canne smosse appena dal vento insieme ai salici. Il grosso cardo fiorito che, da lontano, pare una buffa figura dalle tante teste irsute. Com'è bello sentirsi parte, una piccolissima parte, del mondo, e guardare, semplicemente guardare intravedendo il carminio delle dalie appena spento nel verde crepuscolare dell'orto, la pennellata violacea dei pochi glicini fuori stagione, mentre una brezza leggera sospinge sul viso il seme piumoso della margherita alta lasciata indisturbata tra l'iris e l'euforbia. Mi accorgo di trovarmi alla frontiera tra il rumore dell'inorganico – il lontano rombo ansimante della strada attutito dalle siepi – e un ultimo frinire delle cicale. Due mondi sonori, ma anche due tempi – uno dal sapore arcaico, l'altro sguaiatamente nuovo – distinti e misteriosi nel loro fronteggiarsi. Mi ricorda una sensazione provata a Bocca di Serchio. Là dove il fiume ridisegna instancabile le movenze della foce, un lungo corridoio di sabbia separa la quiete lacustre dell'acqua intrappolata nella duna dallo scroscio irregolare del moto ondoso. Mi ha regalato un supplemento di felicità, questa sosta forzata. In altri tempi mi sarei risentita tra me del ritardo, adesso colgo l'occasione. E mi rendo conto di come siamo noi a scegliere, di volta in volta, come vivere quanto ci viene dato. Questo imprevisto: a me la scelta tra farne un momento di frustrazione, o uno spiraglio di libera contemplazione nell'ora forse più bella del giorno, sospesa com'è tra il buio e la luce.

Si sono fermati da me, di ritorno dalla Provenza, Edoardo e Francesca. Sono stati anche loro a Lourmarin, sulle tracce di Camus. Francesca, oltre a visitarne la tomba, come ho fatto anch'io portandomi via un rizoma di iris da piantare nell'orto, ha trovato la porta, ha bussato; le ha aperto la figlia, una barbona con la casa piena di libri accatastati a terra, proprio come me in questo momento di sgombero della biblioteca. Parliamo dell'*Idiota* che sto rileggendo. A Francesca da ragazza non era piaciuto, ma non aveva osato dirlo. Edoardo l'ha letto solo di recente, non ne è entusiasta. Pure in quel magma esasperante qualcosa c'è. Mi ispirano un senso di pena quei personaggi tormentati e tormentatori, imprigionati in meandri cittadini e psichici quasi senza spiragli di apertura nel mondo innocente anche se talvolta spietato della natura. Come Ippolit, il tisico diciottenne che, ormai agli sgoccioli, lascia la capitale per Pavlovsk, ridente cittadina di villeggiatura. Il Principe Myškin ve l'ha spinto convinto che tra gli alberi gli sarà meno pesante morire come anche restare in vita. Ippolit, aggrappato alla sua disperazione, non vede che differenza ci sia tra andarsene davanti ai mattoni rossi del muro di fronte alla finestra di camera oppure in un boschetto respirando il profumo dei tigli. Il Principe Myškin riconosce che non c'è poi tutta quella differenza, confida tuttavia che la vegetazione e l'aria balsamica non potranno non alleviargli l'agitazione e i brutti sogni. Ippolit non demorde: cosa me ne faccio della vostra natura, del vostro parco, delle vostre albe e tramonti, del vostro cielo azzurro e delle vostre facce sorridenti, quando di me solo si farà a meno in questa festa? A cosa mi serve tanta bellezza, quando so che perfino questo moscerino ronzante, immerso in un raggio di luce, conosce il suo posto nel coro, gioisce della festa, mentre io solo ne sono escluso, e questo per null'altro che pochezza d'animo? C'è, in queste parole, il dolore di non avere avuto il tempo di capire. Chissà se, fuori dall'arsura di mura e relazioni sociali di fabbricazione tutta umana, il malaticcio Ippolit avrebbe ritrovato la voglia di vivere. O forse semplicemente la pace interiore per potere dolcemente morire, rinunciando a dominare la scena annunciando maligno, risentito e malevolo che a lui non restano che due settimane di vita.

Ecco, gli alberi avrebbero potuto sollevarlo da tanta isteria. Gli alberi che vivono e muoiono lentamente, con la dignità di chi non si scompone né di venire al mondo né di lasciarlo. Curiose queste atmosfere soffocanti e cittadine di Dostoevskij. Nell'*Idiota*, le scene di natura sono confinate alla Svizzera, dove il Principe Myškin è andato a curarsi, e dove tornerà dopo la ricaduta successiva allo scandalo e all'uccisione di Nastas'ja Filippovna da parte di Rogožin.

Forse nemmeno io morirò tanto presto. Dapprima mi sono sentita un po' come Ippolit, condannata ad andarmene entro l'anno. Adesso pare stia accadendo tutto più lentamente. Morirò, ma non in modo significativamente diverso da chiunque altro. Diverso è questo, che non posso più lavorare in giardino. Nemmeno innaffiare. In questo momento lo sta facendo Lenuca, un po' troppo presto – sono solo le cinque e mezza del pomeriggio – ma più tardi non può.

I haven't told my garden yet – no, il giardino si è già abituato a vedere altri che se ne prendono cura. Certo, il mio ruolo non è cessato: scelgo chi lo fa al mio posto. Ma in un senso più profondo, non sono mai stata io sola a prendermi cura del giardino: anche il giardino si prendeva cura di me quando, in apparenza, mi davo tanto da fare. Adesso il giardino è il grembo in cui passo questo tempo fisicamente poco attivo in un senso di pace, serenità. È quello che vedo dalla finestra, quando sono sdraiata sul divano a leggere. Ne avverto la presenza benefica nonostante, in queste giornate troppo calde, non mi spinga fino ai suoi confini. Il giardiniere e la morte si configura allora così: il rifugiarsi in un luogo ove morire non sia aspro. Ove morire faccia un po' meno paura.

Dove sia possibile non darsi troppa importanza per l'inevitabile non esserci più, un giorno. Accettando con calma di essere qualcosa di piccolo e indefinito, un puntino nel paesaggio.

Il Qi Gong mi piace – sono davvero solo i primi passi, ma ho la sensazione di costruire qualcosa. Molto lentamente ma su fondamenta solide.

Su Al Jazeera trovo notizie sulle sepolture ecologiche: finalmente. Bare di cartone o di paglia intrecciata, biodegradabili, l'aspirazione a venire non cremati, ma compostati, tornando a «vivere» nella natura.

Ieri, domenica, sono andata a trovare Nehama. Desolante senso di abbandono già percorrendo la strada sterrata che porta giù al frantoio. Il luogo era come morto. Parcheggio l'auto là dove Peter era solito venire incontro agli ospiti. Un silenzio selvatico. Un senso di buio. Mentre prendiamo il tè, e parliamo d'altro perché avverto in Nehama il bisogno di proteggere il suo nucleo più intimo, mi coglie un senso di straniamento. Comprendo allora che era Peter il *genius loci* di questa casa sul torrente: senza la sua presenza nulla ha più senso. Non è solo che nessuno ha vissuto lì per un anno, che nessuno si è preso veramente cura di nulla. È piuttosto rendersi conto che quel paesaggio viveva, viene da dire riluceva, della relazione con Peter e la sua chioma di luminosi riccioli bianchi, della sua visione che lo organizzava in significato per tutti noi. Persa la relazione, il luogo è stato inghiottito dalla montagna, in qualche modo sepolto, cancellato, per ricomporsi in qualcosa di radicalmente altro. È iniziato il processo di trasformazione in rovina. Quando visitiamo delle rovine, ci sfugge la vita che un tempo vi dimorava, ormai svanita. Resta una reliquia, non più espressiva della falange di un santo conservata in una teca d'oro e pietre preziose. Quando me ne andrò, sarà lo stesso qui. Mi fa male pensare lo strano opaco silenzio che avvolgerà questo podere se non troverò chi sappia prendersene cura al mio posto.

Chissà se le peonie arboree piantate in autunno sono ancora vive. Non ho pensato a controllare. Quando cominciano a scemare le forze, anche il pensiero svapora, inizia l'abbandono, una forma di rassegnazione alla perdita, di sé e del giardino. Poco speranzosa, vado comunque a vedere: le peonie, pur trascurate, stanno bene, segno che sono davvero capaci di badare a se stesse, sopportare la siccità.

Il giorno di Ferragosto al Rifugio Casentini. Mentre gli amici sono nella faggeta, lungo il sentiero che sovrasta l'orrido di Botri, resto al tavolino a leggere. *A New Path to the Waterfall* di Raymond Carver, poesie scritte, ispirandosi ai racconti di Čechov, mentre stava morendo, mentre sapeva di navigare verso la cascata.

Viene Lorenza Zambon e mi legge il testo del suo spettacolo sui semi. Parla di Ghost Town Farm: Detroit ridotta a mezzo milione di abitanti, intere zone disabitate nel cuore della città, la natura riprende il sopravvento. L'industria, insieme al lavoro, viene spostata dalle banche al sud. In tutto questo, Novella Carpenter crea un orto, poi una fattoria con gli animali. Le città muoiono, vengono riconquistate dalla natura. Le erbacce, sistema immunitario della terra, intervengono a rimarginare le ferite.

Eccoci agli ultimi brandelli d'estate sparsi come memoria frantumata nell'incalzare inesorabile dell'autunno. Spira un'arietta fresca che su certe piante agisce come la cella frigorifera del fiorista. In un singolare contrappunto di colori lucidi da pittura a olio e altri sommessi da pastello su carta, l'orto è punteggiato di dalie fiorite e di zinnie cui l'umido ma rovente letargo estivo aveva raffrenato gli slanci. Seduta sulla panchina riprendo le letture a cielo aperto, senza più bisogno di rifugiarmi nella penombra chiazzata della pergola. Riprendo anche a lavorare. Una decina di giorni fa ho pescato in quel che resta della mia biblioteca la biografia di Vita Sackville-West scritta da Jane Brown. Con mia sorpresa, ne sono rimasta conquistata. Mi è tornata in mente la visita a Sissinghurst. Ho letto con grande tristezza di quando Vita e Hadji (così chiamava il marito Harold) devono rinunciare a lavorare in giardino. Il corpo comincia a tradire: Vita cade dalle scale della torre, perfino scrivere è doloroso. Prima per Harold, poi per Vita quando l'artrite dalla schiena arriva alle mani. Il giardino non è più la preoccupazione principale, diventa il teatro dell'esistenza. La prospettiva è cambiata, e il giardino, all'inizio corpo a corpo quotidiano, comincia a recedere nello sfondo, diventa parte di un mondo da cui si viene costretti a separarsi. Anni prima, nel poema *The Garden* composto durante la guerra, in risposta al celebre eliotiano *April is the cruellest month*, Vita aveva scritto: *I would sooner hope and believe / Than dig for my living life a present grave. / Though I must die, the only thing I know,*

[...] / I still will sing with credence and with passion [...] / *That I will believe in April while I live, / I will believe in Spring*, «Voglio piuttosto sperare e credere / che non scavarmi una tomba da viva. / Che dovrò un giorno morire, è l'unica cosa che so, / ma ugualmente canterò con fede e passione / che fintanto che vivrò crederò nell'aprile, / crederò nella primavera». Finché ha potuto, ha vissuto con e per il giardino. Non da lei sacrificare un solo istante al pensiero di morte villana.

Freddo, umido: è autunno, la stagione in cui Puškin si sentiva più fecondo. Mentre io ho voglia di dormire: mi piace tanto la posizione da sdraiata, è così riposante, e poi mi dà l'illusione che sia tutto come prima. Invece, non appena mi alzo: le gambe che non reggono, il bastone, la fatica di spostarsi, gli esercizi per conservare almeno un poco di quanto non ho già perso. Dovrei decidermi a fare iniziare a Fabio i lavori per la stanza di Giulio, ma l'idea mi convince sempre meno. Ho così poca voglia di avere qualcuno sempre lì. Eppure è innegabile che le forze scemano. Devo oppormi. L'afa estiva, e il male al ginocchio, sono stati il pretesto per non fare più la passeggiata fino in fondo al giardino. Oggi mi sono imposta di riprendere. Sono arrivata quasi fino alla fine. Peccato però non provare il piacere spensierato di passeggiare. Ogni passo è uno sforzo, cerco di farlo con animo leggero, dimenticare la fatica, prestare attenzione a quanto mi circonda. Ma il corpo è diventato pesante, una zavorra incredibile, non si lascia dimenticare. E così prediligo le posizioni in cui posso pensare ad altro: seduta, sdraiata. Per rallegrare, liberare la mente, il movimento non deve costringere a uno sforzo sovrumano.

Oggi mi sento stanca, è il cambio di stagione, telefono al mio medico omeopata e gli chiedo un ricostituente. Mi viene in mente una dottoressa che diceva che il Rilutek toglie energia. Per quanto mi sforzi di credere che potrò guarire, è anche vero che a un certo punto si comincia ad appassire. Si può forse contrastare la natura? I miei coetanei, tuttavia, sono così vivaci, come pure gli amici più vecchi di me. Nel mio gruppetto, sono quella più debole, già postuma. Sto rileggendo *Difficult Women* di David Plante. Jean Rhys: è vecchia, beve, cammina traballando, casca nel gabinetto quando David dimentica di riappoggiare il sedile sulla ceramica, dice di sentirsi prigioniera di tutte le persone da cui dipende per tirare avanti. Ha sei varianti di un racconto: si accorge con orrore che sono tutte e sei identiche, parola per parola, che non ha fatto altro che scrivere sempre la stessa cosa. Non vorrei mi succedesse lo stesso, temo di ripetermi e di non riuscire a concludere, cerco la forma, anche di questo libro, e non la trovo. Sono diventata, con una trentina d'anni di anticipo, una vecchia scrittrice? Una vecchia scrittrice sgomenta nel rendersi conto di avere solo sfiorato il tempo in cui ha vissuto: dove sono le canzoni dei miei coetanei? Non le conosco. Adesso vorrei sapere tutto quello che ho mancato, cerco le canzoni su You Tube, le ascolto alla radio, sempre con la consapevolezza di avere vissuto da aliena. Non so bene perché, ma non ho mai fatto parte di nessuna generazione.

Meravigliosi profumi d'autunno. *Osmanthus fragrans* nell'aria. Leggo in un libro sull'intelligenza delle piante che si annusano a vicenda: emanare odori è il loro modo di comunicare. Quando avvertiamo i profumi che solcano l'aria, stiamo in realtà ascoltando, senza comprenderle, le conversazioni tra pianta e pianta, tra piante e insetti, piante e uccelli e altri animali, noi inclusi.

Ieri sera mi telefona Ilde. Scrivi, vero? Temporeggio: sì, articoli tanti, ma il libro come l'avevo pensato non mi convince più, il giardiniere e la morte mi pare una posa, sarà che mi sento cambiare, ma non riesco a portarlo a termine così come l'avevo concepito. Sì, scrivo, ma più che un libro è un *journal* di appunti. Ho la sensazione di scoprire il mondo per la prima volta.

Leggo due pagine molto belle in *Becoming a Londoner* di David Plante. Critica Yeats perché, pur grande, non era mai indifeso, il limite della sua poesia era di essere retorica in quanto costretta da complicate intenzioni. Sì, si tratta di questo anche in quello che sto scrivendo: l'intento originario del libro va abbandonato, l'ho già abbandonato, non ho davvero nessuna dichiarazione da rilasciare sul giardiniere e la morte, non c'è uno scenario predeterminato. Solo questo stato semplicemente umano di ritrovarsi privi di difesa, lo sgomento nel ritrarsi dall'azione, comprendendo di dovere lasciare il mondo, vedere la propria impronta prosciugarsi come l'alone di vapore lasciato sul tavolo da una tazza di tè. Nel momento in cui nulla conta più tanto perché nulla possiamo più decidere, in questo ritrarsi, c'è anche dolcezza.

David mi scrive di non arrabbiarmi: mi ha comprato una sedia a rotelle, la troverò domani all'arrivo a Londra, poi me la porterò a Lucca. Sgomenta, lo chiamo. Mi assicura che se non la voglio la può restituire. È rossa, pieghevole. No, non l'ha pagata troppo. Lo ringrazio. Mi accorgo di essere commossa. Era proprio quello che desideravo. Il regalo più bello che abbia mai ricevuto, così inaspettato.

Oggi cammino davvero a fatica. Mi tornano in mente quei sogni, in cui avevo le gambe impastate e non riuscivo a muoverle. Sogni premonitori, forse il mio corpo si sapeva programmato perché questo accadesse?

La sedia a rotelle – marca Enigma – ha aperto una nuova pagina: il futuro è infine arrivato. E dopo, che altro? Mi ha fatto capire che potrei dover rinunciare a questa casa così piena di dislivelli. Sono disperata perché non riesco a trovare una soluzione. Ciascuna mi pare un dispendioso rammendo, a ogni modo il giardino è troppo grande, la casa è troppo grande, potrei abitarne una minima parte facendomi aiutare da persone di servizio. Ammalarsi non è poi tanto diverso dal capitare nel mirino di una guerra. Ci si trova costretti ad abbandonare la casa, i mobili, gli oggetti cari. Sgomento: cosa sarò priva di questa casa, del giardino, i miei veri vestiti? Separarsi dal luogo in cui avevo immaginato di restare fino alla fine è come venire staccata dal corpo restando però in vita. Con la paura di finire in una terra di nessuno. Un appartamento anonimo. Un albergo. Un istituto. Si può continuare a vivere quando non si ha più un posto al mondo, nulla da dare? Come reinventare la vita in modo da potere ancora contribuire in qualcosa?

Mi alzo all'alba, senza nemmeno fare colazione parto accompagnata da Giulio per l'Istituto Stella Maris. Giulio era in ritardo, aveva forato la bicicletta, ha dovuto farsela prestare da un amico, quando è arrivato ero già fuori del cancello, al volante, decisa a sbrigarmela da sola. Era una giornata bellissima sul Monte Pisano, poi dopo Pisa è calata una foschia. Abbiamo costeggiato la base americana, oltre la rete sovrastata da filo spinato lucido come argento, a volute, abbiamo visto un cinghiale. Giulio dice di averci visto anche dei daini. Ha lavorato anche da quelle parti, non c'è posto dove non abbia lavorato almeno per un po'. Arrivati a viale dei Tirreni 331, un foglio sulla porta a vetri avverte della pericolosità delle radiazioni. Una giovane dottoressa bruna annuncia che non mi saranno consegnati i risultati del test, utilizzato a scopo puramente scientifico, al fine di valutare la capacità diagnostica della macchina nuovissima e potente. Leggo i fogli del consenso informato: possibili vertigini, nausea, senso di spaesamento indotti dal magnete. La macchina è chiusa. Giulio mi strizza l'occhio: posso sempre rifiutare. Forse questo m'influenza. Nello stato d'indecisione in cui mi trovo, mi lascio guidare dai minimi segni. Comincio a provare il desiderio di scappare, di non venire infilata nel buco rotondo di quella macchina bianca e beige, tanto simile a un forno crematorio. Mi batte il cuore, ho le farfalle nello stomaco, mentre rispondo alle domande della dottoressa sui chiodini nel mio pollice sinistro che potrebbero riscaldarsi per effetto del magnete, sugli impianti dentari, un caldo di lacrime mi gonfia gli occhi. Arriva il neuroradiologo, un giovane senza camice, con un vestituccio marrone e baffetti. Mi ribello in cuor mio all'idea di lasciarmi tormentare per fargli fare carriera. Egoista forse, o paurosa, ma sento crescere in me il rifiuto. Verso la macchina, verso l'assurda regola di non comunicarmi il risultato della RM. Non voglio lasciare distruggere alla macchina il mio delicato equilibrio. Torno a casa, con Giulio al volante, in uno stato di stordimento. Dispiaciuta di essermene andata, preoccupata dalla somiglianza della mia fuga con quella di mio padre il giorno prima di venire colto da paralisi alle gambe, vanamente tentata di tornare indietro, più perplessa che mai, con la sensazione di essermi lasciata giocare dai miei timori. Andiamo a fare la spesa a Lucca. Comprando le trote, i filtri per la caraffa, i semi di sesamo e lino, provo la sensazione di tornare alla normalità quotidiana, lontano dalla paurosa macchina. A casa mi faccio da mangiare, mi stendo sul divano verde per un pisolino. Vengono poi l'idraulico – da due giorni non mi posso lavare, non c'è acqua a causa del guasto di una valvola – l'elettricista – a spostarmi il modem al piano terra e ripristinare forse l'apertura automatica del cancello. Prendo la borsa dei bulbi comprati a Londra alle Clifton nurseries e mi faccio spingere da Giulio nell'orto. È bellissimo starsene seduta con la faccia scaldata dal sole. Giulio sradica gli zucchini ormai esauriti, rastrella le foglie di cardo mariano e borragine. C'è anche la gramigna, lui non ha tanta voglia di estirparla come si deve, fino in fondo. Cic cic: lo sento strappare le radici. Ma così è inutile, gli dico, prendi la forca, smuovi a fondo. Giulio per un po' lo fa, un po' continua a strappare in un misto di pigrizia e cialtroneria. Pianeggia poi la terra, con l'aratro manuale traccia i solchi. Apro le bustine e trovo rassicurante essere ancora in grado di farlo. Mescolo i tulipani: penso che sarà divertente vedere i colori – porpora rosa e arancio – confusi a caso. Lo stesso coi narcisi. Vengono deposti nei due solchi in buon ordine: nell'orto valgono come fiori da taglio. Dico poi a Giulio di premere la terra con le mani, di spargere sopra la paglia. È paglia di mais? mi chiede. Non lo so, rispondo stupita di non essermelo chiesto. I bulbi di narciso erano del tipo consueto, il mio preferito: *Narcissus tazetta* – nelle cultivar Avalanche (leggo solo ora sulla bustina che è anche da interni) e Geranium. I tulipani: Tulipa Black Parrot, petali rosso vino sfrangiati, Tulipa Angelique, l'avevo nell'aiuola delle peonie ma lo sto perdendo, Tulipa Sun Lover, doppio, che cambia colore dal giallo screziato all'arancio, con tanti di quei petali da sembrare una peonia. Questi momenti sereni della giornata li ho vissuti all'ombra del buco nero della supermacchina da cui sono fuggita al mattino.

Non sto raccontando abbastanza in questo diario del lavoro per ritrovare la salute. Il Qi Gong comincia ad avere effetto. Oggi per la prima volta, respirando di vertebra in vertebra, ho percepito la spina dorsale come qualcosa di massiccio, quasi un grosso cobra. Anche nella respirazione sottile per riattivare i canali dalla punta delle dita dei piedi alla caviglia, comincio ad avvertire qualcosa, come un soffio vitale – il Qi? – e questo soffio fresco lo sento anche passando a distanza la mano sulle gambe e fino all'occipite e all'anca, oppure srotolandomi o piegandomi sulle anche.

Tornata dal desinare allo Scompiglio con Massimo e Beth, trovo i viali dell'orto allargati da Giulio in modo da passarci con la carrozzina. Immaginavo lo avesse fatto: la mattina mi arrivavano da lontano dei colpi di mazza; mi hanno richiamato, quasi una colonna sonora, l'immagine degli operai al lavoro per arginare il Serchio nell'affresco

107

di Amico Aspertini in San Frediano. A Giulio piacerebbe tornare muratore, esegue con gioia ogni genere di lavoro di costruzione. Quando mi ha portato la carrozzina per accompagnarmi nel giro del giardino, mentre mi spingeva tra i vialetti di misura perfetta, le aiuole contenute da pali di castagno fermati da bastoni di bambù, gli ho detto che era stato molto bravo. C'è una certa dolcezza nel venire spinti lungo i vialetti d'erba appena rasata, fragrante di linfa, col sole tiepido di metà pomeriggio, i toni che già s'addolciscono. Giulio ha lavorato bene, con memoria dei percorsi così come li avevo tracciati, risparmiando i tassi barbassi che temevo perduti, invece erano nascosti dall'erba alta e adesso, cresciuti, sovrastano vellutati l'erba scintillante. Raggiunta la rosa Rambling Rector, gli ho chiesto di tagliare i rami che si sono allungati nel campo di metri e metri, nel chiaro intento di conquistare nuovo territorio. Raggiunti gli hamamelis secchi, gli ho detto di toglierli, poi mi sono divertita a fargli assaggiare una bacca di *Zanthoxylum simulans,* una rutacea che lascia la bocca anestetizzata con una vaga fragranza di canfora. Entriamo nell'ultimo campo: una meraviglia, Giulio l'ha ripulito a perfezione, è bello arrivare in fondo al giardino e trovare il mistero di questo luogo ordinato proprio alle pendici della collina di acacie rovi e pinastri, vuoto come lo scenario di una qualche imminente epifania. Raggiunta la pergola dell'oliveto, quella che guarda verso le colline silicee, trovo l'uva giapponese (*Rubus phoenicolasius*) in pieno rigoglio, al piede le calendule in fiore. Giulio mi tira giù dalla tettoia l'estremità di un ramo che al mattino aveva strappato da terra dove aveva radicato – quando me l'ha fatto vedere, gli ho detto di tagliarlo così facciamo una piantina da regalare. Mi sono poi fermata davanti al *Diospyros lotus* che avevo seminato tanti anni fa: per la prima volta, è un alberello carico di piccolissimi cachi in miniatura, molto ornamentali. A metterli in bocca ingannano: lì per lì sono dolci, poco dopo allappano. Ho tagliato due rametti, sarebbero stati belli in vaso, ma una volta a casa più prosaicamente li ho messi nella pentola d'acciaio dove ieri ho riposto i cachi a maturare con le mele: voglio vedere se anche quei cachi minuscoli diventano meno allappanti.

Oggi verranno gli architetti per vedere cosa si può fare qui. La mano sinistra ha sempre meno forza. È strano, non potere stringere le dita. Sarà l'autunno con la sua malinconia, ma il mio stato d'animo è questo: che mi sia stato presentato tutto in una volta il conto. E anche: preghiera esaudita. Quante volte ho ritenuto auspicabile una morte lenta, in piena coscienza, anziché una scomparsa improvvisa. Adesso sono fin troppo accontentata. E mi chiedo sempre più spesso: che sia il caso di decidersi a tagliare la corda?

Anni fa, d'agosto, mi aveva punta una vespa. Un freddo marmoreo aveva cominciato a salire su dalle gambe, la testa aveva preso a ciondolare, finché l'avevo poggiata sul tavolo – ero a cena sul mare con Cristina e Papik – dopodiché ero svenuta. Vedevo chiazze brune, provavo una dolcezza, un senso di beatitudine, una totale assenza di dolore. Ricordo di avere pensato: che meraviglia morire così. Poi il pensiero che non potevo fare questo a mia madre mi ha trattenuta, sono tornata indietro. Adesso, una decina d'anni dopo, penso a quel momento. Rimpiango di essere rimasta? A mia madre, a quanto pare, il dispiacere di morire prima di lei dovrò darlo comunque. A parte questo, ho sbagliato a non approfittare dell'occasione di andarmene in modo indolore, anzi, beatifico, estatico, senza complicazioni? Ovvero: la mia preferenza (che sia retorica?) per un lento morire, consapevole di quanto sta accadendo, reggerà alla prova dei fatti? Mi permette di scoprire qualcosa che vale la pena raccontare? È davvero un'esperienza da assaporare, una scoperta di cose vere che sarebbe un peccato non conoscere?

Eppure da ieri ho nuovamente smesso di prendere il riluzolo. Per la sensazione di fegato affaticato. L'altra volta, smesso per qualche mese, ero peggiorata. Adesso che lo riprendo da mesi, sono peggiorata ugualmente. L'impressione: che affaticando fegato e pancreas il riluzolo comprometta la capacità di autoguarigione. Sarà vero? Ma cosa mi resta, se non seguire quel mio oscuro, interiore andare a tastoni?

E dunque, un lento morire. Per ora emerge un senso di colpa retrospettivo, la vergogna per i giudizi sbrigativi di un tempo, di quando stavo bene, montavo le scale a due gradini per volta, marciavo a velocità disumana. Andavo di fretta. Con le gambe, coi giudizi. Gli ausili per invalidi suscitavano la mia impazienza: ma perché non si levano di torno, questi incapaci? Per i malati, nessuna compassione – col sovrappopolamento che c'è, cosa la fanno tanto lunga, perché non se ne vanno? Quanto a chi perdeva tempo con le visite ai malati: che squallore, possibile non abbiano nulla di meglio da fare? Ricordo la diffidenza verso un compagno di scuola: andava regolarmente a trovare la zia malata, ci passava ore e ore – trovavo morboso tanto attaccamento a una vecchia, rifuggivo dal comprendere il suo sentimento, provavo anzi un oscuro timore, come di venirne contaminata. La debolezza m'ispirava paura e repulsione. Ogni forma di debolezza. Forse per il piacere selvaggio della rapidità fulminea, dell'efficienza, del buon funzionamento. Da chi era lento, incapace, inetto, occorreva allontanarsi come da uno scandalo. Non ero poi così diversa da quell'antropologa fidanzata di Gea che le disse, dopo averla lasciata: poteva andare tutto bene, se solo non ti veniva la pessima idea di ammalarti.

Col ricordo ancora fresco di tanta insolenza – dovrei dire spietatezza – c'è ironia nel mio trovarmi adesso malata. I simili alla me stessa di un tempo mi hanno abbandonata. Altri invece si fanno più assidui, affettuosi.

E così, questo lento morire mi costringe a conoscere ciò da cui mi ero sempre tenuta alla larga: l'essere deboli, lenti, indifesi, inefficienti, privi di energia. Per questo forse, ispirata dalla recensione alla prima traduzione in lingua inglese, ieri sera ho preso in mano lo *Zibaldone*, di quel Leopardi di cui tanto diffidavo perché insomma, era gobbo e infelice e si era ficcato in testa di riversare amarezza sul mondo.

Ecco gli acquazzoni prepotenti e gioiosi di novembre. Queste secchiate d'acqua che precipitano dall'alto dei cieli mi mettono allegria, si accompagnano a una nebbiolina diffusa che colma lo spazio del giardino trasformandolo in una sorta di grembo opalescente. Le forme risaltano con incremento di presenza, la luce acquista una qualità di illuminazione come da interni. Noto un tralcio di convolvoli rosa sbocciati nell'orto coi tepori di San Martino:

inumidito dal vapore acqueo, il colorito prende vigore e risalta. Al margine estremo del bosco, là dove la pioggia che dilava impetuosa dal monte si raccoglie nei fossati di delimitazione dei campi, Macchia, esuberante fox terrier, che come tutti i cagnolini ha una visione animista del mondo, cerca di afferrare l'acqua coi denti e impadronirsene quasi si trattasse di una biscia cui dare la caccia. Sembra impazzita: percorre al galoppo il fossato, insegue gli zampilli, balza contro corrente per poi sfrecciare a valle. Simile ad astemia baccante, celebra con danze e piroette l'improvvisa animazione che trasforma il suo regno, normalmente asciutto e tranquillo, in una festa di rumori, di scrosci, di liquidi schiaffi e gorgoglianti ruscelli. Una baraonda di sensazioni travolgenti. Mentre Giulio mi ripara col grande ombrello verde da pastore, respiro e osservo. Assaporo la gioia delle forme che la bruma leggera, anziché velare, svela più nitide: il rosso acceso delle bacche, il disegno di certe chiazze violacee sulle foglioline tondeggianti dell'albero della nebbia, il loro giallo ancora in parte verdognolo inciso da tratti bruni che paiono usciti dal pennello intinto nell'inchiostro di china di un calligrafo.

Mi scrive Francesco: C'è stato un giorno in cui ti ho pensato intensamente, eri al centro di mie riflessioni che ti riporto qui come una condivisione profonda che spero non ti disturbi. Pensavo al tuo giardino e mi chiedevo com'è possibile che l'autore di un'opera così bella e armonica trovi nel suo corpo elementi di disarmonia. La cura di un giardino segue le stesse regole della cura del nostro giardino interiore, del nostro corpo, o meglio dei nostri corpi, fisico, emotivo, mentale. Guardando il tuo giardino si comprende chiaramente che sei riuscita a metterti in contatto con la sua anima, con il *genius loci,* che sei riuscita a creare in esso l'armonia, seguendo la sua energia, le sue necessità, le sue aspirazioni più elevate. Curare e coltivare se stessi è la medesima cosa, e osservando il modo con cui hai agito nel giardino puoi anche comprendere come dovresti agire quando il giardino da curare si chiama Pia. Se ci sono dei parassiti su una pianta, sono sicuro che non corri alla cooperativa a prendere ogni genere di veleno e pesticidi per debellare al più presto questa «malattia», ti chiedi invece come riportare l'armonia, dove ci può essere stato un eccesso o una carenza, come attirare gli insetti utili o sostenere la pianta nel suo processo di «guarigione». Allo stesso modo il nostro corpo parla, manifesta tramite le disarmonie gli eccessi e le carenze dei nostri moti interiori, ci aiuta a comprendere il percorso da compiere, proprio come, nel giardino, lo stato delle piante ci suggerisce se hanno bisogno di acqua, di luce, di concime. Con il tuo giardino sei riuscita a realizzare, a concretizzare qualcosa di sottile e imponderabile, forse un'idea, o meglio un ideale in cui ogni elemento, ogni pianta trova il suo posto, anche le «erbacce». Perseguendo questo ideale, con l'aiuto del *genius loci*, il giardino, il corpo, la società o ciò per cui stiamo lavorando, ritrova il suo stato di salute e armonia. Ecco pensavo: «Forse Pia non ha ancora contattato abbastanza profondamente il suo *genius loci*, il suo Sé divino, colui che, come per il giardino, sa esattamente cosa serve, cosa piantare, cosa togliere e come sistemare perfettamente ogni elemento dentro di noi».

Francesco l'ho conosciuto quest'estate: un giovane musicista e naturalista portato qui da una conoscente.

Viso florenskiano, capelli lunghi, corpo di giunco. Quello che scrive è bello, c'è tuttavia una parte irriverente in me che ha voglia di dirgli: no, non è come pensi, quando una pianta si ammala la lascio morire. Sono tante le piante che non ce l'hanno fatta nel mio giardino, e la cosa peggiore è che nemmeno mi ricordo quali. Ne ho curate? Forse un acero campestre ferito, forse un ippocastano che mi era caro perché un'amica l'aveva ottenuto da seme, i bossi quando sono stati assaliti da quel terribile bruco cinese che non trova qui antagonisti. Per il resto, non ricordo. Non mi preoccupavo tanto delle singole piante, ma del giardino nel suo insieme. Non ho mai voluto a tutti i costi quelle che non trovavano facile viverci. Chi c'è c'è, chi non c'è non c'è. Be', qualche tentativo l'ho fatto: la rosa Gloire de Dijon l'ho trapiantata almeno tre volte. La vedevo piena di macchie, stenta, capivo che non stava dove avrebbe voluto. Da ultimo l'avevo messa in vaso, moribonda credo, e questo vaso l'avevo poi spostato vicino a un palo della pergola dei glicini, nel tentativo di capire se almeno quel punto, col sole al mattino e l'ombra al pomeriggio, fosse di suo gradimento. Così è parso, allora l'ho trapiantata in piena terra. Adesso è finalmente contenta. Sì, per qualche pianta mi sono data da fare, ma non per tutte. E per me?

Questa mattina Giulio mi ha spinta in carrozzina per farmi vedere l'albero del caffè del Kentucky (*Gymnocladus dioicus*) squarciato dal vento. Sono sempre meno forte, al mattino. Oggi pomeriggio però c'era un bel sole, allora niente carrozzina, mi sono messa scarpe e molle, ho fatto un giro in giardino. Stanno per sbocciare, ai piedi del nespolo di Germania, le iris gialle rifiorenti. Non sono belle, sono giusto rifiorenti, e assai grossolane. Ma ci sono, e in questo tardo ottobre, coi prati sfumati dal rossiccio dei semi di gramigna, danno un bel tocco di colore. Mentre passeggiavo coi bastoni, raccattando di tanto in tanto per Macchia quel che restava dell'osso musicale regalatole da Vera, sentivo colpi d'accetta. Era Giulio. Stamattina eravamo andati all'Agrigarden a vedere una sega a motore. Non l'avevamo comprata: troppo cara e forse pericolosa, Giulio allora si è fatto valere con l'accetta, dimostrando che possiamo cavarcela senza tante macchine. Il resto del taglio lo lascio a Giovanni, lui la motosega ce l'ha, se la cura e se la mantiene: ci lavora tutti i giorni. Qui da me verrebbe usata tre o quattro volte l'anno, andrebbe in malora.

A Cecina con Francesca. Ho la visita con il medico ayurvedico, alle 12.10. Poco prima mi chiama: è ancora in treno, arriverà alle 12.30. Propongo di incontrarlo alla stazione e fare la visita lì, così mi risparmio le scale. Con Francesca ci sediamo a un tavolino all'aperto. Una giornata bellissima, calda, vedo passare tante persone che sembrano provenire da un altro tempo. Mi resta l'immagine della mamma rom con le bambine che hanno l'aria di tornare da scuola, di un uomo grasso, giovane, informe di spalle, che si avvia ciondolando al bar, di un altro azzimato all'antica. Spunta poi il medico con la sua valigia a rotelle, si siede al tavolino di latta, mi prende prima la mano, con affetto e dolcezza, poi a lungo studia il polso. Mi piace visitare qui, dice, sotto quest'alberello all'aperto, è come essere in India. Dice che «vata» va meglio. Mi prescrive le medicine. Le andrò a ritirare dopo al negozio, perché prima abbiamo il nostro tavolo prenotato alla

Pineta di Zazzeri a Marina di Bibbona. Bello guardare il mare appena mosso e azzurrino, squisiti i pesci, dal baccalà desalinizzato in Spagna – fritto, mantecato, crudo – ai tagliolini ai ricci di mare, l'ombrina sotto sale, il bollito misto di pesce con la maionese, poi crème brûlée alle castagne e sorbetto di limone. In spiaggia non scendiamo, siamo vestite troppo pesanti, però è bello, torneremo. Parliamo in auto di cliniche ayurvediche. Francesca ne ha trovata una a Hyderabad. Poi c'è quella in Kerala consigliata da Angela. Come scegliere? E perché non mi sono sbrigata ad andarci prima?

Oggi sono venuti: Paolo a finire di potare la siepe di lecci, Giovanni e Francesca a lavorare di motosega, trapiantare i lillà che all'ombra del Bosco Orientale languivano, compiere la delicata «operazione chirurgica» di separare il viburno dal profumo erbaceo – generato dal portainnesto – dal *Viburnum davidii*, su di esso innestato. Operazione direi riuscita, del viburno selvatico ho adesso un pollone in vaso, oltre a un cespuglio di tutto rispetto piantato non lontano dall'albicocco che da anni sta lentamente morendo, un pezzo per volta. Giulio tagliava l'erba, aiutava a portare la legna con la carriola, faceva lavori vari ma non quello di apprendistato/spionaggio a cui l'avevo incoraggiato, perché la pergola di glicine ancora non è stata toccata. Era una bella giornata, e io mi aggiravo un po' a piedi – Maria, la fisioterapista, oggi mi ha detto che devo fare tante volte le scale anche se non ne ho voglia, per non perdere i muscoli – un po' in carrozzina, un po' spingendo la carrozzina a mo' di girello, per poi sedermici sopra quando mi sentivo stanca. Può essere un modo di tornare, a poco a poco, fino in fondo al giardino?

Giovanni è andato a comprare la focaccia e dei panini buonissimi, marroncini, al negozio di Agnese, dal Bullentini ha preso la mortadella al pistacchio. Così buoni quei panini alla mortadella, da fare venire fame invece di toglierla. Un piccolo sgarro dalla dieta senza salumi.

È venuto l'ultimo rappresentante di montascale, adesso devo scegliere. Oppure rimandare e continuare a fare esercizio? È venuto anche l'imbianchino, a vedere la camerina al piano terra che voglio fargli pitturare. Non lo vedevo da una quindicina d'anni. Lui mi ha trovata coi bastoni e le molle, io l'ho trovato ingrigito e pelato: non può più tenere i riccioli rossi, gli è venuta una strana calvizie a forma di ferro di cavallo sulla testa, che gli lascerebbe privo di retroguardia il ciuffo sulla fronte. Piuttosto che tenersi quella strana acconciatura, preferisce raparsi a zero.

Non mi capacito di cosa sta accadendo: non mi era mai successo, non so come passare il tempo. Questa mattina energia molto bassa, mi sono seduta al sole nella loggia, sulla *New York Review of Books* ho letto un bellissimo articolo di Perry Link a proposito della Cina. Poi ho mangiato, ho fatto un giro in giardino dove ho trovato un melograno spaccato, con i lucidi grani rossi incastonati nella pellicola bianca, ho pensato a quale montascale scegliere, ho cucinato per Macchia. Ma non sento l'impulso a lavorare, così non faccio tesoro del tempo, e dire che ne ho poco. Credo che parallelamente allo scemare delle attività fisiche cali anche il dinamismo mentale. Quanto meno a me – a Stephen Hawking non è certo accaduto lo stesso. Sento poi che la respirazione sta peggiorando – forse anche questo toglie energia. In generale, sono assai letargica, poco stimolata, poco vivace. E mi chiedo se il Qi Gong, l'agopuntura e l'ayurveda facciano davvero una differenza.

Splendida, calda giornata di sole. Mi sdraio per un riposino nella camera al piano terra, dove ho appena sistemato un letto. Forse non ho voglia di installare montascale, piattaforme, tutto quel macchinario. Forse questa camerina sarà come la grotta dell'eremita. Molto più confortevole, anzi, e con l'affaccio sulla sala, la loggia, il grande fico. Forse preferisco investire in un aiuto. Qualcuno che mi porti la colazione, il pranzo, la cena. Che bisogno c'è di andare in cucina? Devo fare come mi sento. Poi, dopo un momento di rammarico all'idea di non potere più andare a spasso in giardino, salire sul Monte Pisano a vedere le orchidee selvatiche, lascio perdere, mi concentro su quello che sono adesso. E anche così, col sole, il tepore, un po' di gioia c'è sempre.

Apro il secondo volume dello *Zibaldone*, alla pagina dove Leopardi dimostra che tutto è male, ogni forma di esistenza è male. «Entrate in un giardino di piante, d'erbe, di fiori. Sia pur quanto volete ridente. Sia nella più mite stagione dell'anno. Voi non potete volger lo sguardo in nessuna parte che voi non vi troviate del patimento. Tutta quella famiglia di vegetali è in istato di *souffrance*, qual individuo più qual meno. Là quella rosa è offesa dal sole, che gli ha dato la vita; si corruga, langue, appassisce. Là quel giglio è succhiato crudelmente da un'ape, nelle sue parti più sensibili, più vitali. Il dolce mele non si fabbrica dalle industriose, pazienti, buone, virtuose api senza indicibili

118

tormenti di quelle fibre delicatissime, senza strage spietata di teneri fiorellini. Quell'albero è infestato da un formicaio, quell'altro da bruchi, da mosche, da lumache, da zanzare; questo è ferito nella scorza e cruciato dall'aria o dal sole che penetra nella piaga; quello è offeso nel tronco, o nelle radici; quell'altro ha più foglie secche; quest'altro è roso, morsicato nei fiori; quello trafitto, punzecchiato nei frutti; troppa luce, troppa ombra; troppo umido, troppo secco». E così via, in un crescendo retorico che alla fine non saprei se più sublime o ridicolo. In tanto partito preso, c'è una sorta di estremismo infantile, una cocciutaggine dispettosa che rifiuta di darsi per vinta. Mi tornano in mente, per contrasto, le sagge parole scrittemi tanti anni fa da Robert Rieffel, il console onorario belga, poco dopo che ci eravamo incontrati a Kathmandu: non preoccuparti delle foglie cadute per terra, tieni conto di quelle ancora attaccate ai rami. Che è quanto sto facendo: qualche foglia è rimasta, fonte non ancora oscurata di beatitudine.

È arrivata Sarina: atterraggio a Milano, poi in auto fin da me su una Cisa trafficata e lenta per ben tre cantieri. Mi mostra le foto del viaggio di settembre in Sichuan con due artisti brasiliani – un lago limpidissimo con cascate larghe 120 metri che precipitano da rocce rotondeggianti, un santuario amministrato da tibetani, pulitissimo, alte montagne, i bronzi della cultura Shu preesistente agli Han: fisionomie che ricordano la Persia, la scultura altissima di un grande albero in bronzo. Il viaggio era in preparazione della mostra sino-brasiliana che aprirà a São Paulo nel maggio dell'anno prossimo. E poi: le foto per il 108° compleanno della zia Juliana, che balla col cugino Oskar; la danza dei ventotto pronipoti che la festeggiano.

Un caleidoscopio d'immagini, tutte sfaccettature di una carica vitale che un tempo non capivo, ma di cui adesso comprendo l'attrattiva. Prima il mio atteggiamento era quasi di biasimo verso tanto attivismo e dispendio di energie non rinnovabili, adesso mi viene il dubbio fosse solo la mia incapacità di entusiasmarmi della vita, camuffato da moralismo ecologico.

Torna la sensazione di essere un legnetto in balia delle correnti, ma non è negativa, ha qualcosa di dolce. Con ospiti in casa, non sono padrona del mio tempo. Solo ogni tanto riesco a immergermi nelle *Metamorfosi* di Ovidio. Momenti rubati. Sarina perde le chiavi. La cosa non mi turba, ne tiro fuori un altro paio per non lasciare la casa aperta. Questo trovarsi in balia di un flusso che non controllo somiglia all'accettare di essere indefiniti. Rosicchia la prigione dell'io. Ne attenua la contrazione, lascia scorrere più fluida l'energia. Anche mentre faccio Qi Gong, e mi parlano, mi accorgo che l'esercizio non ne è danneggiato. Si addolcisce la rigidità della concentrazione, in quello stato semidistratto viene quasi meglio. È una forma di liberazione. Che non sentirsi così intensamente padroni di sé emancipi dal padrone più duro, il proprio io? O sto solo facendo buon viso?

Ieri è venuto l'imbianchino a dipingere la camerina. Gli chiedo come va, mi sorprende la risposta: ho perso tutto. È morto qualcuno? No, borbotta lui, peggio [*sic!*]: ha troppi debiti, deve chiudere, ricominciare da zero a cinquant'anni. È in punto di lacrime. All'ora di pranzo va via, quando torna fa così piano che quasi non me ne rendo conto. Entro, lo trovo che piange. Si scusa del suo stato. Più tardi arriva una giovane donna bruna. È venuta ad aiutarlo a pulire per terra. Ci salutiamo, lei è gentile e sorridente, la pelle olivastra un po' butterata, pantaloni neri e stivali col tacco alto. L'imbianchino le dice di aspettarla fuori, così prendono un caffè insieme. Gli chiedo quanto devo, lo pago, lo invito a non scoraggiarsi. Il viso torna a contorcersi in una smorfia di dolore che ricorda il compianto degli angioletti sul Cristo morto di Giotto. Non so come, mi trovo a stringergli le mani. Restiamo a lungo così, con lui che piange e io che lo incoraggio.

Debolezza crescente. Muoversi nello studio, fissare il fax alla presa elettrica, comincia a parermi al di sopra delle mie forze. Su consiglio di Massimo, è venuta oggi Lani, la giovane bella e gentile filippina che ha lavorato per la sua mamma, per un colloquio. C'era anche Sarina. Io non sapevo bene cosa chiederle: due persone timide una davanti all'altra. Verrà mercoledì e mi farà da mangiare. Sono perplessa. Lenuca e Giulio mi vanno già bene. Ho bisogno d'altro? Tutto sembra sfuggire di mano. Certe amiche che mi accusano di non seguire i loro consigli, la luce che ieri va via mentre ero sola in casa; mi ha salvata la vicina che mi ha rimesso su la levetta del contatore. Ho voglia di silenzio, di rincantucciarmi a leggere, e anche se mi rammarico ogni tanto di non essermi interessata di tante cose quando ancora stavo bene, di avere sdegnato viaggi immotivati e occasioni mondane, avverto che in realtà sono la solitudine e la calma quello che ho sempre desiderato. Se ora mi capita di rimproverarmi di non avere colto tante occasioni è perché adesso mi sento punita del mio scarso appetito di fronte a quanto mi veniva offerto. Forse è solo questa strana idea, immaginarsi malata per una qualche colpa. Un'infinità di possibili colpe. Un vaso di Pandora. Che sfinimento, pensare a tutto quello in cui si è sbagliato. Sarina si stupiva ieri sera che io non avessi paura. Paura del progresso della malattia.

Giorni fa, passeggiando in giardino in una bella ora di sole, mi sono seduta sulla panchina e da lì, vagando l'occhio sulla vite, sono stata sorpresa da un'ipomea di un bellissimo blu intenso striato di porpora. Non l'ho seminata, è nata da sola, un esile stelo con tre piccoli fiori ammiccanti tra i pampini. Il cuore trasale di gioia. Un incontro inaspettato. Non ipomee a distesa, ma una soltanto che, fattasi strada per conto suo, mostra una forza, una bellezza, un'eleganza e forse, soprattutto, quel sapore unico della libertà, della voglia di vivere, della fortuna di avercela fatta cascando nel punto giusto al momento giusto. L'unica ipomea nata quest'anno: non nell'orto, dove Giulio toglie tutto quello che, non conoscendolo, gli sa di erbaccia, ma arrampicandosi sulla vite della pergola, e non d'estate, ma in questo strano, tiepido novembre. Chissà se ce la farà ad andare a seme, chissà se l'anno prossimo m'imbatterò nella sua discendenza.

Mio lento tornare a me dopo che Sarina se n'è andata (ma ne torneranno altri, a giorni, di ospiti).

Con Valter a vedere la casa che sta ristrutturando a Tofori. Carica in auto la mia sedia rossa a rotelle, così quando Hugh Honour scende anche lui in carrozzina blu dalla villa, spinto da Samar, il giovane singalese che lo assiste, l'incontro è comico. Tanto più che il maligno vecchietto mi soppesa e sussurra, rivolto a Samar: Sta molto peggio di me. Non lo vedevo da anni. Ha il viso paffuto, roseo, con qualcosa d'infantile che non gli avevo mai notato prima. Seduti al sole sul versante della casa che dà sulla vigna e le montagne, pensiamo idee per il giardino. Hugh consiglia alberi da frutta, io suggerisco *Rosa bracteata* per la facciata. Hugh approva. Rosmarini, salvie, ma anche euforbie. Per segnare un confine con la vigna, qualcosa di semplice, quasi impercettibile: una cortina di bosso con, dove si accede alla vigna, due *Buxus rotundifolia* potati a palla. Forse dell'uva fragola bianca per la pergola, forse un glicine. Sulla via del ritorno, Valter mi parla del suo amico At che si è costruito la copia di una villa palladiana sulle pendici del vulcano di Surabaya. Non sono più la moralista di un tempo che avrebbe disapprovato. Nel mio smarrimento, sono neutrale.

Continua il sottofondo del martello pneumatico: scavano le tracce per i tubi di gas, acqua e fognatura per l'appartamento di Giulio. La parete del bagno è quasi pronta. Nel mezzo di tutto questo, è venuta Lani a preparare il minestrone e, per sbaglio, Maria a farmi il massaggio linfodrenante (l'aspettavo per sabato). Finalmente verso le sei trovo un momento per telefonare al paziente tornato da Israele di cui una dottoressa di Pisa mi ha dato il numero di cellulare. Mi aveva avvertita che parla male, difatti non si capisce quasi nulla, salvo che è rimasto contento dell'albergo nel centro di Tel Aviv. Per fortuna c'è in quel momento la cugina che, gentilissima, mi spiega tutto. Per ora a Tel Aviv hanno fatto il solo prelievo dal midollo osseo. Le staminali saranno poste in coltura e poi, dopo un paio di mesi, iniettate in Svizzera perché in

Israele non è permesso. Prima di partire per Israele, è necessario un bonifico di 23.000 euro, include l'intero trattamento. La cugina di questo paziente era ottimista sulla cura, me l'ha caldamente raccomandata, anche se certo, in realtà, è ancora tutto da provare. Mi ha anche consigliato di bypassare i medici italiani, a suo dire immobili.

Mentre aspetto Louise, Pietro e la piccola Anna, leggo quanto scrive Laurie Anderson sulla morte di Lou Reed: «La scorsa primavera gli fecero un trapianto di fegato che sul momento funzionò a meraviglia – ritrovò quasi subito salute ed energia. Poi anche questo smise di funzionare, non c'era più via d'uscita. Ma quando il dottore disse: 'Ci siamo. Non c'è più nulla da fare', l'unica parola udita da Lou fu 'fare' – non si arrese fino alla sua ultima mezzora di vita, quando all'improvviso accettò – tutto insieme e completamente. Eravamo a casa – lo avevano dimesso dall'ospedale pochi giorni prima – e nonostante si sentisse molto debole, volle uscire nella luminosa luce del mattino. Come meditanti, eravamo pronti a questo – a spostare l'energia su dalla pancia nel cuore e fuori dalla testa. Non ho mai visto un'espressione altrettanto piena di stupore come quella di Lou mentre moriva. Con le mani eseguiva la 21° forma del tai chi, l'acqua che scorre. Aveva gli occhi spalancati. Stavo tenendo tra le braccia la persona che più amavo al mondo, le stavo parlando mentre moriva. Il cuore si arrestò. Non aveva paura. Mi era stato dato di accompagnarlo fino alla fine del mondo. Alla vita – così bella, dolorosa e abbagliante – non si può chiedere nulla di più. E la morte? Credo che lo scopo della morte sia il rilascio dell'amore». Bello: che sia questa la luce che si vede morendo, la luce dell'amore?

Ieri mi è arrivato il libro di racconti di un amico da cui a un certo punto mi ero sentita ferita. Mi è tornato in mente, leggendo e riconoscendo nella donna con la gonna leggera e i sandali di gomma sua moglie, quanto li avevo entrambi amati. E ho come provato di nuovo quell'amore. Se anche era mal riposto, che importa? Adesso sono oltre il calcolo se l'amore sia ragionevolmente diretto o meno. Non giudico più i miei sentimenti. È solo un'energia, l'amore, fluisce come vuole, chiedersi chi meriti di essere amato e chi no è solo bloccarla.

Con Louise, Pietro e la piccola Anna a Marina di Vecchiano, una giornata calda sul mare calmo ma solcato ogni tanto dalla spuma di un'onda solitaria. Macchia gioca felice, Pietro la fa giostrare e Louise lo imita con Anna. Li fotografo, ciascuno con la sua creaturina librata nell'aria. Abbiamo caricato in auto la carrozzina. Pietro mi ha spinta verso il mare, al ritorno verso il ristorante sono voluta andare a piedi, con i bastoni.

Trovo la risposta di Steven sulla reputazione del medico delle staminali. Da un suo amico che è stato primario di medicina interna a Tel HaShomer ha ricevuto questa risposta: Non consiglierei a nessun membro della mia famiglia di farsi curare da lui. Vedremo. Quando ho guardato il sito di questo medico l'avevo trovato assai untuoso. Non mi hanno entusiasmato i video in cui si fa vedere insieme ai pazienti salvati: impostati, recitati. Forse non mi sono fidata in quel momento, forse proprio per questo ho chiesto a Steven, che ero sicura me lo avrebbe distrutto? Forse non ci credevo già parlando con la cugina di questo paziente, forse voglio aspettare ancora qualche mese e vedere i risultati?

Ripartiti Louise, Pietro e la piccola Anna, l'amica di Macchia. Mi hanno detto di guardare un documentario, su una loro amica eremita che vive vicino a una chiesa in cima a una montagna dove eravamo stati insieme tanti anni fa: accompagna i morituri ed è devota alla Madonna. Una sua paziente dice: non avviene guarigione a meno di volerlo spiritualmente. O qualcosa del genere.

Che confusione! Di nuovo bombardata da consigli di cura. Ho trovato BuNaoGao sul sito di alsworldwide. org e adesso sono in corrispondenza con la dottoressa Mengqi Xia. Questa mattina trovo una quantità di articoli da leggere, e la richiesta – ragionevole – di un mio profilo medico. Questo composto di erbe cinesi dovrebbe rallentare il progresso della malattia.

La visita di Pietro e Louise non è passata senza conseguenze: sono tornati all'attacco sulle onde elettromagnetiche, mi hanno convinta a disconnettere il wi-fi, dopodiché Louise ha scoperto un naturopata e radioestesista bretone. Mi manda una quantità di pagine da leggere: testimonianze di pazienti, articoli sui danni dell'inquinamento elettromagnetico. Vuole che lo chiami prima delle 11.30, eseguo. Con il rumore del martello pneumatico e Lenuca per casa che lava, parlare non è facile. Ci risentiremo domani, dice, intanto mi manda un articolo su un apparecchietto di ceramica e rame, certo Harmoniseur, che dovrebbe neutralizzare le onde nocive. Bene, ho da leggere per tutto il giorno! Irrazionalità umana: mi attraversa questo pensiero – e se adesso il bretone mi guarisce, cosa l'ho ordinato a fare il montascale? Cosa la faccio a fare la stanza di Giulio? Questo assurdo interrogativo mi fa tornare in mente quanto ha scritto Paul Polak nel suo libro *Out of Misery*: quando suo padre e suo nonno si organizzarono per emigrare prima dell'arrivo dei nazisti, i loro vicini di *shtetl* rifiutarono di seguirne l'esempio: non sapevano cosa fare coi mobili, come si può andarsene e lasciare tutto?

Leggo le trentotto testimonianze dei pazienti di questo bretone: si parla di preghiere, di entità, di demoni cacciati. Ma soprattutto di preghiera. Ce n'è perfino una con quattordici energie in grado di risvegliare le cellule staminali. Mi diverte il caso del gatto Bouboune liberato da entità che nuocevano anche alla sua padrona. Una testimonianza toccante quella di un bambino di dodici anni che, tenendo in mano il flacone vibrante di energia, la destra sul chakra del cuore, chiude gli occhi e dice di non avere mai provato nulla di più bello, di avere visto un campo di fiori stupendi; vuole ripetere l'esperienza, per lui è come ricordarsi di qualcosa che aveva già conosciuto.

La sera, preparando la cena per me e il mangiare per Macchia, col ginocchio che mi fa male, mi dico: un giorno, forse, ripenserò a questo come a un periodo felice. Sarà che oggi Francesca mi ha portato il libro della sua amica Marinella Raimondi, paralizzata del tutto, col respiratore da quindici anni, che scrive premendo qualcosa tra le ginocchia, unico flebile movimento rimastole. E allora mi pare, al confronto con quanto mi aspetta, sempre che io sia disposta ad aspettarlo, di potere ancora fare moltissimo.

Questa mattina, nel silenzio della colazione – avevo dimenticato di accendere la radio per le notizie, ma non avevo voglia di rifare i tre gradini tra cucina e sala – mi chiedevo se potrei accettare di arrivare fino al respiratore, se una vita come quella di Marinella ha ancora senso, se in quindici anni di immobilità si può ancora scoprire qualcosa o se non è tutto orribilmente ripetitivo, poi mi sono detta: ma lei ha i figli, i nipotini, forse c'è la voglia di continuare a sentirli vicini. E si sono fatti strada anche i vecchi pensieri: che senso ha impiegare tante risorse per tenere in vita un solo essere paralizzato, quando le stesse risorse... e così via. Poi ho pensato ai nipotini di Marinella, che accettano le cose così come sono, trovano il modo di stare con la nonna, le prendono la mano paralizzata, se la passano sul viso per permetterle di accarezzarli. Ho pensato a questa spontaneità dei bambini, sprigionata dal cuore e non dalla ragione, che si pone invece da un punto di vista astratto, universale. Ho pensato a Leopardi che nello *Zibaldone* si ribella alla tirannia del raziocinio in cui vede tutto quanto è contro natura, e ricorda sua madre che per un sillogismo teologico si rallegra della morte dei bambini (così vanno di sicuro in Cielo), mentre natura e cuore non porterebbero certo a rallegrarsene.

Leggo altre testimonianze sul guaritore bretone. La sua lettura delle malattie neurologiche è: alluminio dai vaccini nel cervello, combinato con borrelia e/o wi-fi. Per guarire, disconnettere wi-fi, neutralizzare le onde con un Harmoniseur, i flaconi in cui vibrano certe sostanze, e la preghiera, soprattutto la preghiera. Mah!

Leggo il libro di Marinella, col sollievo di muovere ancora le mani, un poco le gambe, potere cucinare, scrivere battendo con dieci dita, respirare, vestirmi. Ripenso a quanto mi ha chiesto Louise: come vivrei se potessi camminare di nuovo. Credo che vivrei con gratitudine, con la consapevolezza che la mia vita è ricca così com'è, senza il tarlo sotterraneo del dubbio che non sia altro che un adattamento perché manca l'amore di un altro essere umano a completarla, senza il vittimismo di dirmi sola non per mia scelta. Ma non c'è bisogno di guarire per provare questo, lo sto già vivendo anche con la sedia a rotelle, nonostante non sia la mia vita esattamente com'era quando lavoravo in giardino e tenevo l'orto, senza l'autosufficienza (relativa, certo) di prima e soprattutto: senza camminare.

Tutta un'altra storia, col citofono finalmente sopra la scrivania: non mi tocca arrancare su in cucina, con la preoccupazione di non fare in tempo, ogni volta che suona il campanello. Piove a catinelle. Gegè e Paganucci lavorano nella stanza che sarà di Giulio, a fare le tracce. Pagini l'idraulico finisce di stendere i tubi. Telefono al bretone, mi dice di essersi sentito malissimo dopo avere parlato con me, che dove vivo deve esserci un inquinamento elettromagnetico spaventoso, che anche a wi-fi spento c'è comunque, a mia insaputa, un wi-fi nascosto. Ricevo poi una mail in cui dice che le energie in casa mia sono talmente negative, che lui si è sentito completamente svuotato, e che finché le energie non cambiano io non potrò guarire.

Finisco di leggere il libro di Marinella. Belle le rievocazioni della Milano dell'infanzia: mi fanno venire nostalgia della città, della ricchezza dei suoi rapporti. Mi colpisce una cosa: scrive di avere perso tutti i muscoli volontari, vivrà fino a che funzionerà l'unico involontario, il cuore. Che strana, una malattia che estirpa poco per volta qualsiasi moto di volontà propria.

Il bretone continua a dirmi di perdite elettriche, di energie nocive, di guardare sotto il lavandino di cucina, vicino al frigo. L'elettricista dice che non c'è assolutamente nulla, che il wi-fi è spento e non ce ne sono di parassitanti connessi al modem, che non risulta nemmeno il wi-fi dei vicini, che non ci sono perdite salvo forse quelle tollerate in certe apparecchiature, come le pompe idrauliche, inferiori a 0,003 ampere. Non capisco, o forse non c'è nulla da capire salvo prendere atto di una consumata tecnica di sopraffazione. Il bretone si dice spossato, svuotato dalle energie nocive che gli arrivano da casa mia, rifiuta di parlarmi al telefono, io invece mi sento straordinariamente bene, allegra e piena di forza. E poi, è così piacevole venire aiutati da Giulio: che va all'Esselunga, mi fa il minestrone, sposta le piante, veste i limoni per l'arrivo del freddo (prevista per giovedì prossimo una minima di -3). È una presenza benefica, non mi dà nessun fastidio, è schietto, diretto.

Oggi cinquanta anni dalla morte di JFK, ne parlano alla radio. Quando udii la notizia ero nel tinello dei nonni, a quattro zampe sotto il tavolo. Questo almeno il ricordo, perché cosa ci facevo mai a sette anni sotto il tavolo dei nonni? Giocavo forse col barboncino Chicco? Così oggi ho pensato: c'eravamo tutti allora, il nonno Nino, la nonna Giuseppina, mio padre, lo zio Ugo. Siamo rimasti la mamma, la zia Laura e io.

Macchia è una cagnolina talmente gentile: non mi chiede di alzarmi apposta per farla uscire, quando vede però che mi allontano dalla scrivania per un qualche motivo – in questo caso, rimettere la vaschetta dell'acqua sul termosifone – si avvicina alla porta, mi guarda. Poi, non appena poggio la mano sulla maniglia, la frenesia di uscire – deve avere annusato un gatto, là fuori – diventa incontenibile, ogni indugio insopportabile, ogni lentezza nel girare la chiave le ispira parossismi di salti, latrati, ringhi di protesta, uggiolii, perché quando ormai il desiderio sembra bello e realizzato, come sopportare la minima dilazione?

Skype con Sarina. Verrà apposta per portarmi BuNao-Gao.

Dedico a Marinella la mia pagina di febbraio su *Gardenia*.

«Riflettendo sulla gioia donata da un giardino, avevo sempre pensato a giardini concreti, materiali, dove si mettano le mani in pasta, si vada a passeggio, giardini da fare e sfare. Finché un'amica mi passa il libro di Marinella Raimondi, immobilizzata da una malattia assai grave. Inizio a leggere con apprensione, quella che mi coglie mio malgrado quando, spontaneamente incline a cose lievi e allegre, mi capita di imbattermi in argomenti da cui sento minacciata la spensieratezza. *Cosa importa se non posso correre* il titolo. Mi sistemo sulla poltrona di vimini, poggio i piedi sul tavolino, m'immergo nella lettura. Con mia sorpresa, entro in un mondo di serenità nella tempesta. Miracolo: nulla è davvero la fine del mondo quando l'animo sia forte, gli affetti saldi, le risorse interiori tante. E memoria e scrittura insieme sanno rievocare un mondo, quello della Milano operosa del primo dopoguerra, che punge di nostalgia. Delle case dell'infanzia, la più amata era quella degli zii, dotata di un giardino rigoglioso ma piccolo. Dalla cucina si scendeva in un bersò di vite del Canada; lì sotto si poteva mangiare su un bel tavolo di pietra. Si entrava poi nel giardino vero e proprio, diviso in aiuole, con ogni genere di piante e qualche albero mai troppo alto forse per mancanza di terra. Il ricordo delle ore meravigliose trascorse in quel piccolo, sovraffollato giardino, vive ancora. L'incanto della bambina che gioca da sola a principessa parlando con le piante sue damigelle non è scemato, riverbera nel presente. Riaffiora, fiume carsico, nella veranda con vista su un altro giardino, quello dell'età adulta. Un'alta siepe, due betulle, un pino e qualche cespuglio fiorito: qui sono cresciute le figlie e i nipotini, qui cantano gli usignoli. Oltre la siepe, sono nate delle robinie, dalla finestra si vede, sospeso tra i rami spinosi dell'albero, un grosso batuffolo di rametti, foglioline, penne e piume dove entrano due gazze, da una parte e dall'altra. Questa visione suscita un altro ricordo: la scatola degli uccellini, ospedale in miniatura dove venivano ricoverati i meno fortunati nella prima esperienza di volo. Chiudo il libro soppesando questa scoperta: la serenità di un semplice giardino irradia nel tempo, fa bene anche a distanza, nutre ricordi capaci di sostenere nei momenti difficili».

I piedi sul tavolino non li ho poggiati affatto. Non sono ancora pronta a fare outing coi miei lettori – preferisco mi immaginino ancora al sicuro nel mio giardino, felice e spensierata.

Al ristorante dello Scompiglio con Laura, Patrizia e Diana che hanno appena registrato insieme un bel disco. Patrizia parla delle memorie di Saint-Simon, di come un tempo gli oggetti fossero tenuti da conto. Tornate a casa, le faccio vedere la pagina dello *Zibaldone* in cui Leopardi parla del giardino come di un immenso ospedale, pagina che a me era parsa comica, infantile nell'ostinazione, quasi pestando i piedi per terra, di dimostrare che tutto è male. Patrizia la legge in modo da rendere tutto favoloso, levitante, ispirato, grandioso e geniale. Rimasta sola, sarà l'aria ferma di questo pomeriggio, quel freddo quasi da neve, mi prende la sonnolenza. Sparite le energie di ieri, mi sdraio sul divano e faccio un pisolino.

Chissà se il wi-fi, nel caso fosse davvero dannoso, sarà per la nostra civiltà quello che dicono il piombo sia stato per i romani. L'atteggiamento sarà stato lo stesso: cosa vuoi che faccia, un po' di piombo… Magari nemmeno se ne sono accorti, di morire di piombo. Detto questo, il bretone non mi convince. Lui che si tira indietro, sua figlia che spedisce testi di preghiere rivolte alle pietre curative di cui vende i flaconi vibratori. C'è bisogno di lasciarsi irretire da tanta superstizione? Leggendo le testimonianze di guarigione, mi è sorto il sospetto fossero inventate. Ma non è detto. Alcuni guariscono effettivamente per fede. Per creduloneria. Per autopersuasione. A me non riesce. Non riesco a credere come un bambino cui raccontano di Babbo Natale. Vorrei poterlo fare? Non so. Il mio amore della verità è troppo grande per barattarlo col guadagno materiale della guarigione. So bene che la verità è irraggiungibile, ma questa non è una buona ragione per inchinarsi alla scaltrezza.

Splendida, fredda giornata di sole. Tiro fuori gli Impossible Boots – cavallino fuori e pecora dentro – e vado a fare due passi in giardino, lasciandomi alle spalle le nuvole di polvere rossiccia provocata dal taglio delle mezzane per il pavimento del bagno di Giulio. Raggiungo l'albero di Giuda, lo trovo ricoperto di licheni interessantissimi: giallicci alcuni e sottili, verdemare altri e rigogliosi, riccioluti. La base del tronco è cresciuta di sghembo, poggia quasi a terra, ed è ricoperta di verdissimo, soffice muschio. Veramente una bella forma, l'ho ottenuta anno dopo anno con attente potature. I licheni sono cresciuti anche sul palco di cervo (*Cervus virginianus*) recuperato dalla cantina di mio padre – l'emblema dei cornuti, lo definiva lui che amava, credo senza motivo, definirsi tale. Ho appeso le corna all'albero di Giuda per dare loro una seconda vita arborea nella somiglianza di forme: ramificazioni vegetali e animali. Reclinando la schiena contro il tronco, infilo i guanti, sistemo meglio la sciarpa contro i colpi di vento. Scorgo da lontano un tappeto luminoso di foglie sotto la pergola. Bene, il glicine ha cominciato a spogliarsi, presto si potrà procedere alla potatura di alleggerimento: negli anni si è fatto talmente pesante che un palo si è rotto. Strada facendo, un tocco di rosso carminio cattura la mia attenzione – è fiorita la Yuletide, la camelia del solstizio d'inverno, una sasanqua a fiore semplice, con un cuscino folto di stami dorati tra cinque petali carnosi rosso lampone. Qui da me non fiorisce ogni anno. Questo dicembre il lungo caldo l'ha favorita, adesso pare non accorgersi del sopraggiunto freddo, forse perché il bocciolo era ormai pronto a schiudersi. Chissà se sono fiorite altre sasanqua – ma sono stanca di camminare al freddo, le dita cominciano a irrigidirsi nei guanti troppo leggeri: quando suona il telefono, mi è impossibile rispondere, non riesco a esercitare quella pressione minima necessaria a premere il pulsante di uscita dalla posizione di standby. Prenderne nota: se cadessi fuori, potrei non essere in grado di telefonare per chiedere aiuto. Forse devo munirmi al più presto di quella sorta di allarme che si può tenere appeso al collo di cui mi ha parlato l'elettricista. Ma anche quello va premuto. Ce la farò?

Rientro da Pisa. Rivedo le colline intorno a casa: poco elevate, arrotondate dal tempo. Con quel profilo dolce, troppo dolce, hanno qualcosa di umile, che deve avere loro impedito di guadagnarsi il rispetto degli uomini. Anche perché sono numerose: una più, una meno… Nessuna si distingue tra le tante, nessuna incute soggezione di montagna. Sembrano nate piuttosto per rendersi utili. Così i pisani hanno cominciato a rosicchiarle per trarne pietre da costruzione, in alcune zone silice, in altre calcare e macigno. Dapprima piccoli impercettibili scavi, poi squarci sempre più ampi, col passare del tempo e l'aumento della popolazione intorno, la costruzione di fattorie e chiese e il duomo con il battistero e la torre. Poche sono rimaste intatte, quasi tutte hanno finito col somigliare a denti cariati. A continuare con le estrazioni, iniziate secoli e secoli fa, queste miti alture sarebbero sparite del tutto. Sopravvivono squartate, dimezzate, con la sezione interna messa a nudo, lo scheletro svelato. Una profanazione, impossibile tuttavia non riconoscerne la struggente bellezza. Queste cave abbandonate hanno il fascino dei luoghi dismessi, dove restano visibili le cicatrici del passaggio predatorio dell'uomo. Al tramonto, lungo la strada che da Migliarino porta a San Giuliano Terme, si accendono di arancio contro il verde del rado manto arboreo. Avvicinandosi, sui gradoni calcarei si vedono svettare pochi snelli cipressi. Non li ha piantati nessuno, sono spuntati da semi caduti, spinti dal vento. Arrestatisi in qualche fessura, sono germinati nell'umidità trattenuta dalla pietra, captata nell'afa delle giornate estive. Le radici si sono insinuate tra le screpolature della roccia, si sono ancorate alla pietra. Quanto ci vorrà perché lo squarcio della ferita venga ricoperto da nuovo terreno? Millenni. A poco a poco, ai cipressi si affiancheranno altre piante pioniere.

Telefona Louise e mi propone questo: il 10 gennaio verrà insieme a due ingegneri svizzeri. Con loro si cercherà di capire questa faccenda delle energie elettriche ed elettromagnetiche nocive. Sarà come avere un team di *ghostbusters* dal Ticino. A Louise il bretone ha detto che la mia casa non è infestata da demoni o entità, ma c'è un altro problema. Possibile, possibile? Vero che i malati incurabili sono statisticamente i più creduloni, i più disposti a provare qualsiasi cosa. E io, in effetti, sto se non provando, quanto meno soppesando di tutto. E alla fine, se qualcosa dovesse mai funzionare, cosa sarà? Ho provato tante cose, ma anche: le ho abbandonate tutte, dopo un po'. Il riluzolo. La cura della dottoressa di Roma. La dieta della dottoressa di Alghero regge, a grandi linee, però non sono più andata da lei. La terapia chelante per liberarmi dei metalli pesanti. Le medicine ayurvediche: credo che finirò quelle che ho senza riordinarle, adesso sono più incline a concentrarmi sul fronte cinese. Astragalo, Tian-ma (*Gastrodia elata*), Angelica cinese che mi porterà Vittoria da Milano, BuNaoGao che mi farà avere Sarina da New York. Combinato a Qi Gong, agopuntura. Vedremo.

Louise ha preso contatto coi due esperti, che mi descrive così: uno è l'ingegnere Peter, tra i pochi in Svizzera in grado di eseguire vere perizie, ufficialmente riconosciute, per tutto quanto riguarda campi elettrici e elettromagnetici ad alta e bassa frequenza; è un'autorità nel suo campo, ma anche una persona di grande semplicità e umanità, e parla bene l'italiano. Louise e Pietro lo conoscono ormai da anni. L'altro è Pier, un architetto con diploma tedesco in geobiologia specializzato nel reperire i nodi di Hartmann e tutto quel che riguarda il sottosuolo (acqua, faglie, nodi). Si conoscono bene e hanno già tenuto seminari insieme; conducono analisi scientifiche con strumenti all'avanguardia, sono anche capaci di ascoltare, dialogare e interrogarsi sulle diverse situazioni, aiutano a ragionare per trovare soluzioni realistiche per rimediare a eventuali problematiche emerse dalle indagini. La visita, il 10 gennaio, insieme ai due ingegneri, sarà il loro regalo di Natale. Affare fatto, le rispondo. Quanto al bretone, Louise trova corretto quello che mi ha detto, pensa che potrei informarlo della visita dei due specialisti, e così magari «nel frattempo ti fa qualche preghierina». Louise ha anche stampato la mia foto, la spedirà a madame Hélène, la sua maga, e si farà dire quando la potrò chiamare. Cosa provo in tutto questo? Commozione a sentirmi circondata di affetto, fatica di venire sommersa da consigli irrilevanti, stupore di trovarmi in contatto con maghi e sensitivi, chiedendomi come sia credere veramente in tutto questo, quasi desiderando, a tratti, di poterlo fare. Perché non mi sfugge come Louise e Pietro vivano in un mondo più rassicurante e caldo del mio.

Oggi mi sono svegliata sentendo che la guarigione potrebbe arrivare così, anziché da queste staminali di cui parlano tutti, e che, non so perché, mi paiono dubbie, oscure, una sorta di grande impresa finanziaria (Brain-Storm è già compagnia per azioni, prima ancora che la cura sia sul mercato). Vedremo, vedremo.

Giornata gelida e assolata, il muratore Gegè lavora nella stanza di Giulio con la porta chiusa, per ripararsi un po' dal freddo.

Ieri molto nervosa, probabilmente perché ho trovato insopportabile che il lavandino nella stanza di Giulio fosse stato messo male, con uno zoccoletto di marmo davanti che sciupava la linea della graniglia rossa. Oggi è venuto finalmente Fabio, forse riusciremo a rimediare. So che mi irriterei ogni volta che lo vedo.

Il freddo mi blocca le dita. Forse dovrei tenere i guanti in casa.

Fabio ha sistemato il lavandino, adesso ha una linea elegante e io mi sono tranquillizzata. Voglio che la stanza sia bella.

Mi scrive David: ho avuto abbastanza vita, è ora di lasciarla. Non mi dispiacerebbe svanire in un lampo di luce. Modesto!

Alle undici aspetto la telefonata della figlia del bretone. Silenzio. Dopo una quarantina di minuti, le rimando per scrupolo il mio numero. Chiama infine dopo mezzogiorno: non riusciva a connettersi perché invece che 00 digitava un solo 0. Mi annoio a parlare con lei – mi domanda di cosa si tratta – evidentemente suo padre non le ha detto nulla – mi chiede indirizzo, data di nascita, nome, grandezza della casa – ci vorranno tre Harmoniseur, dice, per una metratura del genere – consulterà il suo pendolo e mi manderà il protocollo. Provo un gran nervoso, soprattutto al pensiero di avere rinviato il massaggio con Maria per parlarle. Dopo mangiato vado a fare due passi in giardino, mi fermo a sedere al sole, un sole caldo come di primavera, mi sdraio sul muretto chiazzato di collinette muschiose.

A Parigi è morta Natal'ja Gorbanevskaja. Aveva settantasette anni. Nell'agosto del 1968 aveva manifestato a Mosca contro l'invasione sovietica di Praga, tenendo in braccio il figlioletto appena nato. Ricordo con nostalgia quella sera che giocavamo insieme al flipper, Natal'ja così piccolina, coi jeans e le scarpe da ginnastica. E suo figlio Jasik (Jaroslav), pittore, quanto tempo che non lo sento. Scrivo a Masha che la ricordo mentre giocavamo a flipper. E lei di rimando: ha introdotto anche me al flipper, era la sua passione.

Tira un vento gelido. Giulio, tra una sgrossatura dei travicelli e l'altra (lavoro che fa benissimo) ha colto le ultime insalate dell'orto. Me le sta cuocendo in cucina (il medico ayurvedico ha detto di non mangiare nulla di crudo, per ora). La settimana scorsa era toccato alle ultime barbe rosse. Credo non resti più niente. Chissà se i semi da sovescio regalatimi da Barbara ce l'hanno fatta a germogliare, con quelle piogge torrenziali subito dopo.

Che freddo! Arrivano Giovanni e Francesca, con la voce roca, il naso gocciolante. Sono marcia, dice Francesca tossendo, e via a potare il glicine. Lavorando al confine col decespugliatore Giovanni ha scoperto tanti tentativi di scavo sotto la rete da parte di un qualche animale. Quello più grosso, un vero spostamento di terra, all'altezza del pollaio. Giulio sta preparando la zuppa: i fagioli sobbollono, tagliuzza sedano rapa, finocchi, cavolo, carote, scalogni e zucca per cuocerli a parte prima di unirli al passato di fagioli.

Mi sveglio pensando a quel senso di estraneità dalla mia stanza, da ogni ambiente a me familiare, quella notte d'insonnia, giorni fa, quando ho avuto paura di arrivare alla pazzia e, in uno stato di paura senza oggetto – di panico quindi – mi sono messa a meditare. Nessuno da stringere, nessuno a cui telefonare. Mi sono allora ricordata dell'unico rifugio possibile; ho incrociato le gambe, chiuso gli occhi, mi sono concentrata nel respiro. La meditazione mi ha calmata. Avevo provato qualcosa di mai immaginato: l'ambiente a me familiare non lo era più. Anziché calore, mi trasmetteva freddezza, rigidità. L'ansia che gli oggetti mi potessero aggredire. Il terrore che la mia stessa mente potesse guastarsi, cadere nella follia. Può accadere, così come è già accaduto di perdere le gambe. «Dio non voglia ch'io perda il senno», nei versi di Puškin. La follia mi pare ancora più spaventosa della paralisi. E l'ho sentita pericolosamente vicina. Ancora un filo e… Dopo, meditando, la fiducia ritrovata, il ricordo dell'unico vero rifugio. Troppo tempo che non medito con regolarità. Tre anni? Il tempo della malattia, a ben

140

pensarci. Comunque: questa mattina ho capito di avere avuto un'esperienza di morte, per quanto sia possibile in vita. La morte è quando ciò con cui ci siamo sempre identificati – il corpo – di colpo diventa estraneo, non offre più sostegno o protezione alcuna. Il Cristo morto di Holbein a Basilea. Questo doveva intendere Dostoevskij, quando nell'*Idiota* scrive di avere capito lì cosa sia un corpo veramente morto. L'espressione angosciata di Gesù di fronte alla rivelazione del non essere del corpo, del corpo divenuto cadavere, estraneo, ostile addirittura alla vita, fonte di gelo, corruzione, contaminazione.

Mi scrive Louise, suppongo a mo' di incoraggiamento: Quando i giapponesi riparano un oggetto rotto, valorizzano la crepa riempiendo la spaccatura con dell'oro. Essi credono che quando qualcosa ha subito una ferita e ha una storia, diventa più bello. Questa tecnica è chiamata «Kintsugi». Oro al posto della colla. Metallo pregiato invece di una sostanza adesiva trasparente. La differenza è tutta qui: occultare l'integrità perduta o esaltare la storia della ricomposizione?

Paura per le mani: nel fresco mattutino, non riesco ad aprire la cerniera dei pantaloni. Alla fine ce la faccio, dopo però non li richiudo, lascio «la bottega aperta», sarebbe terribile non potere andare in bagno. Dopo mi viene in mente la soluzione: un pezzetto di fil di ferro nel buco del tiretto della cerniera lampo.

Piantati con Giulio i muscari, i *Tulipa batalinii*, e la *Scilla hispanica* nei vasi fuori, in casa *Amaryllis hippeastrum Ferrari* – immagino quindi rosso – in un grosso vaso poi sistemato in cucina, davanti alla porta a vetri dove c'è molta luce, e pazienza se non potrò chiudere gli scuri di legno. In due vasi di vetro, su un substrato di ciottoli bianchi, gli stessi usati per fare il piano doccia nel bagno di Giulio, i narcisi Paper white che dovrebbero fiorire fragranti a Natale. Tutti regali di Fabio.

Ieri sera Beth, appena tornata da New York, mi ha consegnato il BuNaoGao da parte di Sarina. Da Mengqi Xia, a cui ho chiesto lumi sulla posologia, mi arriva una mail rassicurante: si trova in questo momento a Milano, per il convegno internazionale di neurologia dove sono andate anche le dottoresse di Pisa. Fa quindi parte della comunità scientifica.

Giulio ha traslocato da me. E Lorenza è venuta a trovarmi: simbolicamente giusto, visto che l'ultima volta che era stata qui, a giugno, aveva caldeggiato la trasformazione della legnaia/biblioteca in stanza di Giulio. A colazione siamo andate a Valgiano da Laura, la sera abbiamo cenato a casa con le orate al cartoccio preparate da Giulio, e la birra richiesta da Lorenza. Macchia sempre dietro a Giulio che la nutre di bocconcini prelibati, noi strabiliate di vederlo la notte fuori, al gelo, con le infradito ai piedi e una maglietta. Curioso: di giorno si veste di lana pesante, di notte sfida le intemperie. Oggi comunque giornata bellissima, ho fatto una passeggiata in giardino con il deambulatore – grande libertà rispetto alla sedia a rotelle. Poi con Giulio e Nali, sua moglie, che è venuta a trovarlo per il giorno libero, abbiamo mangiato fuori, sul tavolo della loggia. Ho chiesto dei loro bambini, Lakshami e Piero. Lakshami inizia quest'anno le medie, Piero a sei anni va ancora all'asilo. Vorrebbe venire in Italia a trovare i genitori. Nali vuole tornare in Sri Lanka per stare coi figli, e farsi mandare i soldi da Giulio dall'Italia. Il debito in parte l'hanno pagato, l'anno prossimo dovrebbero riuscire a liberarsene, dopo speriamo ce la facciano a tornare tutti insieme a casa.

Avere un aiuto fisso è comodo, ma c'è qualcosa a cui non mi sono ancora abituata. Un po' di malumore, a vedere il tempo che scorre via veloce senza costrutto.

Giulio dopo pranzo è uscito, quando è tornato, tardi, era ubriaco. Aveva bevuto con amici che non vedeva da tempo: chi dorme per strada senza lavoro, chi mangia alla Caritas, lui gli ha regalato dei soldi, loro gli hanno offerto da bere. Si è presentato con un pacchetto di paste per me, poi si è seduto al tavolino in sala, facendo discorsi sconnessi, sull'erba che non cresce sotto il gelo, che non c'è niente da fare nel campo, che in legnaia ha fatto non ho capito cosa che vuole farmi vedere, con la rena, ma non riusciva a spiegarsi. Domani faccio vedere, diceva. Hai bevuto? Gli ho chiesto. Lui mi ha preso la mano, ridendo. Puzzava di alcol e tabacco. Chiama Sarina, le racconto cosa è successo. È grave, dice lei. Domani gli devo parlare: ho bisogno di qualcuno su cui potere contare sempre. Mi sono fatta ridare le chiavi dell'auto. Certo per Capodanno è escluso che gliela presti.

Parlo a Giulio questa mattina: quello che è successo ieri non deve accadere mai più. Se lo fermava la polizia, restava senza patente. Io ho bisogno di qualcuno su cui contare. Pareva contrito. Oggi ha lavorato. Sono arrivate le porte per casa sua, la cucina, il montascale per me.

Adesso sono sfinita dall'ennesima giornata dispersiva, verso le cinque lo congedo dandogli appuntamento per domattina a colazione. Dopo il Qi Gong mi sono fatta la cena da sola. Sentivo il bisogno assoluto di non avere nessuno intorno. Uno degli aspetti più sgradevoli della malattia è che priva della solitudine. Non è affatto divertente avere un aiuto. È indispensabile e soffocante come qualsiasi cosa di cui non si possa fare a meno. Prendo il BuNaoGao e mi metto a leggere il libro su Calvino e il paesaggio. Mi sento stanca e frastornata.

Come sono nervosa di non potermela sbrigare da sola! Scendo questa mattina per fare colazione, Giulio è in ritardo, me la preparo da me, quando arriva lo tratto con freddezza, lui capisce che sono di malumore. Devo spiegargli chiaramente cosa voglio, altrimenti si creano attriti. Gli ho detto che la colazione deve essere pronta alle 8.30, sul tavolino giù. Averlo visto ubriaco mi ha riempita di dubbi sulla saggezza della mia scelta. Questa notte, momento di panico nel ricordare la sua figura, stagliata nel buio della loggia illuminata da dietro la porta di camera sua, sembrava un balordo ridente, con in mano quel piatto di riso fumante che aveva preparato per Macchia. Mi è venuto lo sconforto. È così difficile sentirsi in balia di un altro. Convivere. Proprio io che teorizzavo l'autosufficienza. La libertà. La malattia è una prigione, ora si tratta di riuscire a custodire, nonostante tutto, la libertà interiore. Almeno quella.

Passo la giornata a leggere *Il sentiero dei nidi di ragno* di Calvino: un capolavoro. Il ragazzino Pin, fratello di una prostituta di carrugio. Che trova incomprensibile il mondo dei grandi – la guerra, le donne – ed è solo nella natura come un vagabondo di Čechov, ma anche come un Gerald Durrell povero, incantato dalla natura e dagli insetti.

Oggi pioveva, o forse no, era solo bigio, comunque non sono uscita di casa, mentre ieri ho fatto la terza passeggiata col deambulatore, spingendomi fino al ciliegio grande: ogni volta un tratto leggermente più lungo. Giulio è arrivato quando avevo proprio bisogno di lui: mi ha aperto il cancelletto di legno, ha giocato con Macchia, mentre io arrivavo al ciliegio. Riconosco che è, nonostante tutto, una buona presenza. Mi porta manghi, papaye. Oggi abbiamo fatto l'anatra ripiena.

Mando gli auguri a Mauro, che da Dakar mi ha inviato questo delizioso distico di Amelia Rosselli: Il mondo è sottile e piano: / pochi elefanti vi girano, ottusi. Ho scritto a Cécile, l'amica di Christine che mi aveva un poco insegnato, via skype, qualche esercizio di yoga per malati neurologici. Le chiedo se ha finito il suo libro, lei mi risponde di avere avuto altre priorità, una di queste un seminario su una fiaba citata in *Close to the Bone – Life-Threatening Illness as a Soul Journey*, un libro che l'ha aiutata a comprendere i processi coinvolti in un'avventura del genere, e che l'ha molto ispirata. Mi propone di partecipare a distanza allo scambio di idee – se avrò la forza di leggerlo, perché lei ci ha messo un po' a trovare il coraggio di aprirlo, ma poi ne è stata premiata. Lo leggerò, anche se mi accompagna sempre più il pensiero: ma esiste davvero questo viaggio dell'anima, o è solo una storiella che aiuta a vivere quanto non possiamo impedire?

Non c'è vita
Che almeno per un attimo
Non sia stata immortale.

La morte
È sempre in ritardo di quell'attimo.

Invano scuote la maniglia
D'una porta invisibile.
A nessuno può sottrarre
Il tempo raggiunto.

Versi trovati in *Gente sul ponte* di Wisława Szymbor-ska. Preso in mano perché nel racconto di Katarzyna Kolenda-Zaleska sul documentario da lei girato su e con Szymborska, leggo che *Vestiario* è la poesia che l'ipocon-driaco Woody Allen tiene sempre accanto al letto: solo così riesce a superare la notte.

Mi sveglia alle 9 il campanello del corriere: *La strada di San Giovanni* di Italo Calvino. Da quando non sono più in grado di prendere i libri dagli scaffali, trovo più pratico ricomprarmeli.

È sbocciato l'*Amaryllis hippeastrum* nel vano della portafinestra. Ogni giorno resto a lungo con lo sguar-do fermo su quei petali di un rosso carico e luminoso; i tre esterni più grandi formano come un triangolo equi-latero, i tre interni, meno larghi, suggeriscono anch'essi un triangolo e, sovrapposti agli altri, la stella di David. Guardo i due fiori, grandissimi, uno dallo stelo più lungo dell'altro, e nel guardarli mi pare che sia così che ci si sofferma in silenzio di fronte a un volto amato. Mi sovvengo poi che quelle corolle non sono volti, ma organi sessuali spalancati, predisposti per attrarre l'impollinatore. Quella bellezza diventa allora meno bella, si fa aggressiva, priva di riserbo, si sovrappone all'immagine di un organo sessuale umano che si offra impudico.

Tutta la vita mi sono detta: che disgrazia non essere nata uomo e non potere avere una moglie che si occupi di me. Adesso ho Giulio che cucina, fa la spesa e le faccende di casa. Molto meglio di una moglie. Posso scrivere, leggere, fare i miei esercizi. Entro in cucina solo all'ora di mangiare.

Sarà il tempo umido e piovoso, ma negli ultimi giorni non provo più questa sensazione di miglioramento, non ho più potuto passeggiare in giardino col deambulatore, ho la sensazione che le cosce comincino a ridursi come i polpacci, troppo spesso debbo sollevarle con le mani. Mi pare siano in corso due processi paralleli: da un lato il decadimento fisico di cui nessuno comprende la dinamica, dall'altro un movimento in avanti dell'anima che si libera.

David a colazione. Parla di «divina indifferenza»: non gli importa più nulla di pubblicare o meno, delle critiche. Scrive quello che vuole, senza preoccuparsi dell'effetto che farà. Che questo senso di libertà sia presagio di una libertà a venire dopo la morte?

Oggi è arrivato *Close to the Bone*, il libro consigliato da Cécile – il viaggio dell'anima dentro la malattia terminale.

Ieri sera sono arrivati Louise, Pietro, la piccola Anna e Peter, minuto ingegnere del Politecnico di Zurigo. Mi aveva suggerito un ciarlatano tedesco che gli pareva fosse riuscito a risolvere un caso di elettrosensibilità di cui lui non era venuto a capo. Quando gli hanno poi raccontato come si era comportato con me, come era stato esoso e inutile, si è sentito in tremendo imbarazzo. Il tedesco era atterrato a Firenze da Zurigo l'anno scorso a fine gennaio. Ero andata a prenderlo all'aeroporto, verso l'ora di pranzo. Al pomeriggio aveva girato per casa con la sua bacchetta avvertendo campi magnetici e, così diceva, annullandoli. Si era poi occupato di me. Una sua domanda mi aveva colpita: Cos'è la cosa più importante della tua vita? Macchia, avevo risposto, più che mai perplessa. No, sei tu, mi aveva corretta lui. Avevo dovuto riconoscere che aveva ragione. Avevamo poi discusso delle cose che mi preoccupavano allora. Mi aveva impressionata che avesse percepito sulla mia ascella destra una cicatrice che avevo dimenticato, residuo di un ago aspirato. La sera l'avevo invitato a cena agli Orti di Elisa, poi accompagnato all'Hotel Universo, l'indomani lo avevo portato a vedere Lucca, la Torre di Pisa, Marina di Vecchiano, per poi riaccompagnarlo a Firenze da dove era ripartito la sera. Il tedesco mi aveva fatto compilare un foglio – *lines list*, l'aveva chiamato – in cui elencava i miei sintomi con accanto delle barrette. Ogni tanto ci sentivamo per telefono e lui, consultando la bacchetta, a distanza, mi diceva a che punto ero. Questi appuntamenti telefonici li avevamo più o meno ogni venti giorni, erano andati avanti fino a maggio. Era arrivato a dirmi che l'estate avrei ballato.

Il tedesco, la dottoressa di Roma, l'elettroterapista: potrei definirla l'epoca della mia frequentazione intensiva di costosi ciarlatani d'ogni genere. Senza mai crederci veramente, tuttavia con un misto di curiosità e disperazione, e una buona dose di autolesionismo ironico che mi portava a pensare che tanto peggio di così non poteva andare, insieme alla vaga speranza di incappare, nonostante il mio scetticismo, nella cura miracolosa. Dispiegando tutti i peggiori difetti del mio carattere: frivolezza, arrendevolezza, facilità a lasciarmi plagiare, a sperare che le cose si aggiustino in qualche modo, anche senza impegnarsi seriamente. Adesso non ho più voglia di cascarci. E così non do retta a questo bretone scovato da Louise. Che si è portata dietro, per farmelo vedere, l'Harmoniseur acquistato per cinquanta euro: un cerchietto di rame di 4 cm circa, su un piccolo piedistallo di gesso. Un costo pazzesco per una sciocchezza del genere. Sentiremo cosa ne pensa Peter.

Vedo sul web che la dottoressa di Roma ha, prudentemente, mutato il suo sito. Vi trovo un intervento scritto in modo assai sciatto, sgrammaticato e quindi sostanzialmente inaffidabile a proposito della sclerosi laterale amiotrofica che, a differenza dell'ictus, deriverebbe da un danno a una supposta «interfaccia» tra dimensione eterico/astrale e fisica, dalla somatizzazione di un conflitto, dallo scatenamento di emozioni violente e improvvise che colpirebbero «per primo l'astrale, gestore emozionale, poi lo strato di interfaccia verso il cervello, lo strato eterico e quindi, di riflesso, i neuroni attivati dall'eterico». Facile con argomenti del genere toccare corde di turbamento in chi soffra di una malattia a cui, nella totale ignoranza della sua genesi nonché di una cura, si è portati a trovare una spiegazione emotivo-psicologica.

Ieri sera sono arrivati anche Pier e sua moglie. Questa mattina Louise gli ha fatto vedere l'Harmoniseur. Un amuleto, l'ha definito lui. Dopodiché ha parlato a lungo del pensiero magico, cui saremmo vulnerabili per il nostro vivere immersi in un contesto di cattolicesimo e pubblicità. Ha raccontato di come i vari ciarlatani e venditori di amuleti ce l'hanno con lui che li smaschera senza prestarsi a farsi complice dei loro guadagni. Quello che fa lui, ha detto, è incontrovertibile: come quando, pur non essendo rabdomante di professione, avverte la presenza dell'acqua. L'ha trovata vicino a Todi in un territorio di marne, rocce impenetrabili. Pier dice di essere in grado di sentire quanto è vecchio un oggetto, racconta di avere datato un affresco con precisione. Gli ho detto che l'acqua del rubinetto aveva un sapore cattivo. Pier vi ha percepito alluminio e un altro metallo, forse piombo. Ha detto che è acqua tossica. Non va bene nemmeno per cucinare.

Siamo stati a Marina di Vecchiano – 16°C a gennaio – a mangiare all'aperto, poi sono partiti tutti. Peter ha detto che nella mia casa, diversamente da quanto riteneva il bretone, la situazione elettromagnetica è buona, ci sono solo alcuni punti da riparare, altri li ha migliorati togliendo cose inutili. Quanto a Pier, ha detto che la zona più difficile è in camera da letto: a parte un punto di energia a spirale ascendente positiva davanti alla porta dello studio più vicina alla finestra (lo stesso tipo di energia che nel giardino di Ninfa fa girare a torciglione uno splendido *Prunus subhirtella* dalla corteccia azzurrina?), il letto stesso si trova sopra un nodo di Hartmann, uno di Curry, e un flusso sotterraneo d'acqua dannosissimo. È questa posizione del letto, dice Pier, che nell'accumulo, anno dopo anno, mi ha fatta ammalare, e adesso impedisce a qualsiasi cura di avere effetto, perché ogni risultato positivo ne viene annullato. La soluzione è spostare il letto di un po' più di un metro verso la porta. In ogni caso, il ferro del letto fa da antenna alle innumerevoli onde radio del mondo moderno – in antico questo problema non c'era, si potevano avere tranquillamente letti di ferro, ora no, è meglio siano di legno. Penso che farò così: nella stanza degli ospiti il mio letto attuale, e viceversa.

Oggi sono venuti i falegnami, padre e figlio, a spostarmi i letti. Mi piace di più adesso, la mia camera, col capoletto dai vivaci colori della stoffa di Bali. È tutto più arioso, luminoso, c'è più respiro.

Vicino alla loggia, ai piedi del pilastro, sono fiorite le prime violette. Di un tono luminoso ma fondo, quasi a non volere troppo attirare l'attenzione, si affacciano appena da sotto i cuoricini verdi delle foglie, come dal bavero di un cappotto. Mandano una fragranza tenera. Al mattino, luccicanti di una brina che pare cristal di zucchero, fanno venire l'acquolina in bocca, come fossero dolcetti in un banco di pasticceria: il freddo morde, suscita immagini di teiere fumanti e scuro cioccolato in tazza. Eppure hanno un potere, queste prime violette, come un richiamo. Invitano non a tornare al caldo, ma a spingersi fin nel bosco, a scrutare tra foglie ormai sfatte alla ricerca di altri primi, audaci fioretti. Così minuscoli e ben disegnati, così compiuti nelle loro forme pulite, riportano alla memoria certi versi di William Wordsworth, dove alberi, campi e fiori gli parlavano «di qualcosa che non c'è più». Non c'è più, o non c'è ancora? O forse c'era già, allora? Mi torna in mente lo stupore che provai, bambina, osservando nel sussidiario il disegno in bianco e nero dei campi di grano nell'antico impero romano. Guardavo perplessa quelle campagne prive di colore. Mio padre rise di me, mi disse che anche quel grano era stato verde brillante come i fili d'erba che avevo succhiato, dolci, nel podere di Montecarlo. Certo, era cambiato tutto, passati gli imperi e i secoli bui dei castelli arroccati, ma l'erba era la stessa, gli stessi i fiori. Lo stesso il gesto di portarli al naso, comporli in mazzetto. Ovvio eppure stupefacente. Nessuno potrebbe distinguere la violetta che cresce sotto casa da quella colta da una nostra antenata nella notte dei tempi. Ma se la violetta è la stessa, forse nemmeno noi siamo poi tanto diversi, quanto meno dal punto di vista della violetta: la stessa mano allungata verso il fiore, la stessa narice ad aspirarne l'odore, forse un paio di labbra schiuse a mangiucchiarne i petali.

È arrivata Sarina, sta dormendo dopo una notte in volo. È enorme la valigia color porpora con dentro le erbe cinesi.

Leggo Jean Shinoda Bolen, *Close to the Bone*. Dà enorme importanza alla fede, al pregare, al visualizzare e dare energia a quanto può curare. Mi torna in mente Ossian, e come non ho messo energia e fede in quello che mi diceva, quando mi invitava a dare cortocircuito alla logica di cui ero prigioniera. Devi credere nella possibilità di muovere i piedi, mi diceva.

Una mail da Cécile. Le avevo scritto chiedendole, dal momento che ha anche lei una malattia neurologica, come visualizza l'aiuto dei globuli bianchi. Shinoda Bolen, di cui proprio lei mi ha parlato, racconta di persone guarite dal cancro incitando i globuli bianchi, visualizzandoli mentre lottano contro il tumore -- ma nel caso di una malattia neurologica? Mi risponde che, per quanto riguarda la visualizzazione, non se lo è mai chiesto, non è mai così precisa; pensa sia tutta questione di avere fiducia nel corpo e accettare gioiosamente la vita. Mi confida i pensieri cui ricorre per incoraggiare la guarigione, pensieri sull'amore divino che inonda la coscienza di salute, le cellule del corpo di luce, pensieri sul perdono e la riconciliazione, la pace e la gioia di vivere. E io, in tutto questo? Esito. Mi frena il non sentirmi certa che si tratti di parole e pensieri autentici. Mi sembrano strumentali anziché sinceri. Qualcosa mi stona. C'è una parte di me che, nell'intimo, intuisce di cosa si tratta. Prevale però la parte pudica, per la quale il riserbo è della massima importanza, e detesta il gergo, si sente a disagio all'idea di parole del genere dette in gruppo, fatte oggetto di seminario e di «lavoro».

Leggo in Shinoda Bolen che quello che chiama *healing process*, la guarigione, non sempre coinvolge anche il corpo. Capita che il corpo venga piegato dal corso della malattia, ma che, durante la malattia, l'anima e le emozioni arrivino a una guarigione spirituale. L'unica veramente importante, direi, visto che il corpo non può, prima o poi, non venire meno. Peccato però che, nel contesto di quel libro, invitare ad accontentarsi di una guarigione spirituale suoni un po' troppo come mettere le mani avanti.

Ieri con Sarina abbiamo bollito un primo pacco di erbe BuNaoGao, oggi dopo colazione ho iniziato la cura

153

con 200 ml di estratto di erbe e poi mezzo cucchiaino di pasta di erbe – sapore squisito!

Sarina parte domani. Amica generosa ma impegnativa: arduo leggere o scrivere o anche semplicemente pensare con lei accanto. Approfitto dei momenti in cui è fuori. Mi stanca non potermi appartare quando ne ho bisogno, dovere interrompere il flusso interiore che è la mia vita, l'unica vita possibile in questo momento. Ma so bene che questa è una cosa che chi viene a trovarmi fatica a capire.

Visita pneumologica a Cisanello. Ossigenazione del sangue perfetta, bene anche il resto. Mi chiedono però di tornare a maggio.

Sarina è partita un'ora fa. Ieri sera gli occhi le si sono riempiti di lacrime: sei l'unica persona importante a Lucca per me, mi ha detto (e meno male che ci sono anche le case e gli amici di New York, Rio, Pechino). Strano, vedere qualcuno piangerci in quanto morituri. Le ho promesso di guarire, le ho detto che non morirò tanto presto. Che è quello che sento. Non credo che morirò presto o che peggiorerò. Era piacevole la sensazione di essere amati, ma mi è anche venuto in mente il disegno in cui Yuna, la nipotina di Christine, ha raffigurato la nonna appena morta, distesa sul letto: il pianto a scroscio di chi resta, l'espressione beata sul viso della nonna.

Rileggo la lettera in cui Ossian mi scrive del tornare bambini. È il vecchio sogno di ritrovare la giovinezza, e mi ricorda le staminali. Per ora il loro utilizzo è assai insoddisfacente: l'effetto, se c'è, dura solo per un certo periodo, l'iniezione di staminali dopo un po' va ripetuta. Forse purificarsi fino a tornare a un vagheggiato stato originario è qualcosa che si può tentare nell'anima. Il corpo è destinato al declino. L'anima, dicono alcuni, è venuta sulla terra per avere l'opportunità di capire, guarire, purificarsi. Il corpo, a viaggio finito, è da buttare. E magari si trascina dietro anche l'anima, non importa quanto bella.

Freddo al mattino ma con sole splendente, a poco a poco è venuto un bel calduccio. Sono uscita a vedere le potature di Giulio. È stato bravo, gli olivi hanno una bella forma, mi piace vedere la corona di rami tagliati per terra, il cerchio di foglie argentee sul verde vigoroso dell'erba ingrassata dall'umidità tiepida dell'ultima settimana. Seduta sulla panchina del deambulatore, tiro a Macchia la pigna che mi posa tra gli stivali. Indico a Giulio un rovo da estirpare vicino al salice, alcuni rami d'intralcio al susino. Le ombre del frutteto potato un po' troppo a zero si allungano sul prato. Insegno a Giulio che in italiano si dice gemma, gli indico la quercia, l'albero ai cui piedi, in altre terre, crescono i tartufi di cui gli ho parlato a tavola.

Guardo *Indestructible*, il documentario di Ben Byer, l'attore morto a trentasette anni di età nel 2008. Mi faccio forza per arrivare alla fine, superando le fisime. Ne valeva la pena: trovo un'intervista a Yong Chao Xia, inventore del BuNaoGao e, come scopro adesso, padre di Mengqi Xia che me lo fornisce. Yong Chao Xia, seduto su una sedia in una strana inquadratura di scorcio dall'alto, circondato dal buio come in un ritratto secentesco, dice che con questa malattia bisogna agire da politici: cercare di ristabilire un equilibrio, sennò saranno guerra e distruzione. Un neurologo cita *Ivan Il'ič* di Tolstoj: l'imbarazzo di morire, di non potere più fare quello che fanno gli altri. Ben Byer stesso, mi pare, cita Camus e il mito di Sisifo. A fine film, Ben, girandosi verso il pubblico con un dolente sorriso, accenna al dramma di non avere avuto il tempo di sviluppare il suo talento: l'unico film da lui realizzato è quello sulla sua malattia.

Non mi tira su il morale: torno a pensare a Exit, ad andarmene il prima possibile, a scrivere tante belle letterine di commiato. Poi ceno, in sala perché non me la sento di inerpicarmi per i tre gradini che portano in cucina. Macchia poggia le zampe sul bracciolo della carrozzina, mi dico che non la posso abbandonare così. Mi sento triste, irrequieta: non so se sia la debolezza di questa mattina (effetto di una pessima cena facendo troppo tardi), lo sconforto del documentario di Ben Byer, che un po' mina le speranze appuntate sul BuNaoGao (a lui, a quanto pare, non è servito a molto), o il dispiacere di non potere stare al passo con gli altri.

L'errore è questo: classificare se stessi alla voce malattia del motoneurone, misurare il proprio destino su quello altrui, dimenticando la singolarità incommensurabile di ogni organismo. Guai a vedersi parte di un gruppo, di una statistica. Non devo pensare a me stessa soltanto come a una malata.

Giorni fa ho spedito all'editore le prime pagine di questo libro. Ne abbiamo parlato. Rileggo, tolgo certi episodi troppo personali. Come dice il dottor Yong Chao Xia: si tratta di ritrovare l'equilibrio, l'armonia interiore. Sento che in questo il giardino giocherà un ruolo. Mi vengono in mente le parole di Marinella, l'autrice del libro che mi ha dato Francesca: «Buon Natale e, se posso permettermi un consiglio, rimanga in quella casa immersa nel giardino: la motivazione può fare miracoli».

Sì, la motivazione: anche da Macchia ne arriva. Farei di tutto per non abbandonarla.

Mi accorgo di avere lasciato cadere il dialogo con Marinella, che difatti nell'ultima mail si è rivolta a me come signora, non più Pia. Allora le scrivo che sono rimasta nella casa col giardino perché sì, la motivazione è importante: «il giardino, e Macchia, ci tengo a non abbandonarla. Questa è una strana malattia – capita di chiedersi cosa l'abbia fatta scattare. Anche se forse non bisognerebbe interrogarsi troppo, e vivere momento per momento. A volte mi chiedo fin dove sono disposta ad arrivare – già il punto dove mi trovo è qualcosa che in passato non avrei mai creduto di potere accettare. Mentre adesso sembra semplicemente che le cose sono così come sono, con momenti belli e brutti proprio come prima». Quello che vorrei sapere da Marinella, ma non oso chiedere, è questo: adesso che è del tutto paralizzata e non le è più possibile decidere da sola se andarsene o no, è pentita di non essersi uccisa in tempo? Penso agli ebrei che non hanno avuto la prontezza di fuggire finché era ancora aperta una via di fuga. Gli ebrei che si sono lasciati arrestare. Penso ad Anita Lasker-Wallfisch, che suonava il violoncello nell'orchestra di Auschwitz. In *Inherit the Truth* racconta che, per paura di finire in mano ai nazisti, aveva chiesto del cianuro a un amico che sul momento aveva acconsentito, poi però ci aveva ripensato, e le aveva dato invece dello zucchero a velo. Così lei e la sorella sono sopravvissute, grate all'amico che aveva deciso di imbrogliarle. E qui le analogie finiscono, perché Anita e sua sorella erano due ragazze in piena salute, e Anita ha poi fatto una splendida carriera di violoncellista.

Sarà contenta Marinella di essere viva? Forse si arriva a rendersi conto che, non importa quanto depauperata, questa vita è l'unica che abbiamo. E insorge il rammarico di privarsi dell'unica finestra sul mondo, non importa quanto ridotta a pertugio, a buco della serratura. La fede in una continuazione o meno è irrilevante: è a questa vita che siamo attaccati, questo il mondo da cui ci stacchiamo a malincuore.

Da almeno un anno non mi faccio più i colpi di sole. Mi piace così. Ho una capigliatura ancora castana sulla nuca, per il resto una mescolanza di castano e di bianco che somiglia a una specie di biondo. Ciocche chiazzate come le foglie d'autunno, e come loro non prive di bellezza. Anche se, certo, appassite. E questo mi riporta al giardino, alla sensazione che stiamo vivendo insieme lo scorrere del tempo, la metamorfosi. Di essere diventata una delle sue tante presenze.

Leggo *Kandinskij e io*, di Nina sua moglie. Incantevole il primo incontro, dopo non si sono più separati. Mi sento felice a leggere i suoi ricordi (un'atmosfera simile l'avevo trovata nel libro di Maria Savinio). Ho bisogno di letture così. Non posso pensare solo a cose serie. Penso troppo, mi dice Giulio, se voglio guarire devo smettere di pensare.

Ho mandato all'editore altre pagine. Mi dice che leggerle fa sentire liberi e nuovi. Che sia perché questo della malattia è il periodo più felice della mia vita, forse il più libero? Chissà se tra tanti ostacoli materiali si trova una libertà più profonda – a questo proposito mi viene in mente quanto si dice di certe rigide regole di metrica, in poesia o musica, che imponendo una struttura aguzzano l'ingegno, costringono a trovare maggiori risorse.

Una giornata di freddo. Aprendo la finestra questa mattina, vedo i rami della rosa Hume's Blush, nuda e potata, luccicante sotto la galaverna resa già morbida dal sole mattutino. Hume's Blush Tea Scented China, madre delle rose Tè, detta *Rosa indica odorata* all'epoca in cui la East India Company importava dalla Cina piante che venivano imbarcate a Calcutta. A me l'avevano regalata Don e Lindsay quando ancora stavano a Venzano, e io mi ero innamorata di quelle corolle bianchicce morbide e profumate.

Ieri Nali, la moglie di Giulio, è stata all'ospedale per un'ecografia alla tiroide, l'hanno trattenuta per due aghi aspirati. Preoccupazione. Oggi per fortuna c'è il sole, e Giulio potrà ritrovare la calma potando gli alberi. Ortoterapia!

Da un po' di tempo faccio più fatica a salire i tre gradini che portano in cucina. Se però mentalmente prego, riesco a issarmi senza difficoltà.

Ora che so di volerne davvero fare un libro, di questi miei appunti, mi chiedo se non dovrei sapere come concludere, dove portarlo. Arrivare a un pensiero? Potrebbe essere questo: non sono più il giardiniere. Sono pianta tra le piante, anche di me bisogna prendersi cura. Cosa è cambiato rispetto a prima? Innaffiavo, scavavo, pacciamavo, seminavo, coglievo, rastrellavo, potavo, bruciavo, concimavo, ramavo, tagliavo l'erba. Ora nulla di tutto questo. Passeggio, guardo, valuto, dico cosa fare, ma soprattutto: mi viene preparato da mangiare, mi viene servito a tavola, vengono lavate e stirate le mie cose, vengo accompagnata in auto. Comincio a somigliare sempre più a una pianta di cui bisogna prendersi cura, divento sorella di tutto quanto vive nel giardino, parte di questa sconfinata materia di cui ignoro confini e profondità.

Mi invitano a presentare i miei libri in una biblioteca di Bollate dove faranno un orto. Rispondo la verità, che non posso. Sollievo: non doversi mettere in viaggio, non avere più l'obbligo morale di contribuire a iniziative encomiabili. Un sospetto: e se questa malattia mi fosse venuta per salvarmi da tutto quello che mi imponevo di fare, da tutto quello a cui non osavo negarmi? La ribellione a una me stessa che mi costringeva ad andare dove non avevo tanta voglia di andare?

Così bigio umido freddo. Il fico nudo, potato, pare avvolto in una pellicola di cellophan, stilla. Tereglio è isolata dalle frane. La Garfagnana sta tutta franando.

C'è questo libro che ho letto, sulla malattia come viaggio dell'anima. Ho la sensazione che non mi sia stato di alcun aiuto. Ho provato anzi un senso di fastidio, mentre lo leggevo. Come se agli occhi dell'autrice il fatto di essere malata comportasse l'obbligo di misurarsi con la storia di Persefone, quella di Psiche, con Ereshkigal. Ora io non sento nessuna necessità interiore di studiare quelle storie e confrontarmici. E che questa psicoanalista junghiana approfitti della mia malattia per irreggimentarmi in potenza nel plotone di donne sue seguaci tenute a confrontarsi con archetipi di sua scelta, questo mi irrita. Psiche è per me un'altra storia: l'amore perduto quando si soccombe al dubbio instillato dall'invidia altrui, l'amore poi ritrovato dopo immani fatiche. Quanto a Ereshkigal, non ne ho mai sentito parlare, e l'idea di dover scendere agli inferi a far pace con questa dea che se ne starebbe annidata dentro di me mi pare ridicola. Come un lasciarsi intruppare in una religione del tutto estranea. L'amica di Christine, a quanto pare, ha trovato lì l'ispirazione a moti di perdono, di pacificazione. Mentre io avverto la prepotenza di un'analista piena di sé, decisa a imporre una nuova liturgia di sua invenzione.

Oggi il cielo è bianco.

Ripenso a quanto mi diceva Ossian sull'imparare a dire di no: di questo si tratta, imparare a mettere le mie necessità prima di quelle altrui.

Tremendamente piatta questa giornata di novilunio umido e grigio. Mi imbatto in una foto di cinque anni fa, mi viene una grande tristezza a vedere come sono precipitata.

Ossian mi aveva scritto della nostalgia del passato come dell'incantesimo in cui ero bloccata. Nostalgia di cosa, mi chiedo ora. Le foto con Macchia trovate ieri: mi pare in quelle foto di essere bella. Mi è presa grande profonda nostalgia di quello stato, anche vedendo come il giardino era allora rigoglioso. Quel periodo, culminato nell'anno in cui mi sentivo in fiore, mi appare un momento magnifico e perduto di forza salute e fiducia di poter superare qualsiasi ostacolo. Poi l'incantesimo si è rotto. È la storia che raccontano i miti: va tutto a gonfie vele, poi l'eroina trascura, nella sua hybris, di rendere omaggio a una fata, a un dio, e tutto crolla.

È stato difficile dormire questa notte. Di nuovo, come qualche mese fa, mi sono svegliata dopo un'ora con la paura di non riuscire a respirare. Mi sta venendo questa ansia di fronte alle ore notturne, come se nella notte si annidasse un pericolo. Mettendomi poi a quattro zampe, sono riuscita di nuovo a respirare a fondo. Di nuovo, come l'altra volta, ho provato il desiderio di telefonare a qualcuno, parlare con qualcuno, ho perfino contemplato di chiamare Giulio con l'allarme, ma era ovviamente insensato, cosa poteva fare lui per me, e poi, che brutto precedente! E come andrebbe poi lui, a dormire, con l'idea che ci sono io che potrei tirarlo giù dal letto senza nessun motivo ragionevole. Ho provato a meditare, poi ho pregato.

Quante fiabe, quanti miti raccontano questo: il carattere, messo alla prova, si dimostra non in grado di reggere all'esame. Il non riuscire ad attraversare la porta stretta dell'elezione. Non si è stati abbastanza sagaci, pronti, svegli, soprattutto: non si è avuta, spontanea, immediata, sorgiva, l'esatta percezione dei valori.

Queste crisi respiratorie sono in realtà attacchi d'ansia: se i medici non le avessero preannunciate, non credo somatizzerei così. La nonna soffriva d'asma, mio padre d'enfisema. Forse, prima di immaginare un indebolimento dei polmoni, dovrei chiedermi se non ho per caso l'asma. Anche se non so bene cosa sia.

Durante un breve sprazzo di sole vado a vedere se sono fioriti i narcisi. E trovo, oltre ai tazetta e ai poetici, una distesa di eliotropio d'inverno (*Petasites fragrans*) in fiore, di una bellezza tenera con quelle curiose infiorescenze che sembrano mazzi di pennelli di setola di maiale tra il bianco sporco e il rosato. Si ergono fragrantissimi sopra le foglie a cuore, simili a quelle delle violette ma molto più grandi e carnose. Fotografo e spedisco a Marco a cui ne avevo regalato una piantina quando era venuto a trovarmi l'anno scorso. Sono fioriti e fragranti anche i tuoi? gli chiedo, e lui mi risponde che sì, stanno bene anche da lui, fa talmente caldo lì intorno a Parigi che sono già fioriti anche i crochi e le iris. L'eliotropio lo trapianterà in modo da vederlo più spesso in inverno. Ne ho regalate molte, di queste piantine spontanee scovate in un angolo del parco dei miei genitori, sopravvissute a tagli spietati da parte di cosiddetti giardinieri che nemmeno le vedevano. A quanto pare non sono tanto conosciute. Sono fiera di contribuire alla loro diffusione in posti nuovi.

Dormire diventa sempre più noioso: paura di non respirare. Medito, prego. Stranamente, mi è più facile re-

163

spirare bocconi – forse perché le spalle si curvano senza mandare lo sterno in avanti? Poi è un continuo svegliarsi per cambiare posizione. A girarmi nel sonno non riesco – le gambe non obbediscono, così mi sveglio del tutto e per girarmi devo usare braccia e mani. Poi la gamba destra fa i capricci, non trova requie, non sa dove posare, mi tiene sveglia con qualcosa di molto simile a un dolore. Capita con quel sonno di continuo interrotto di avere voglia più spesso di andare nel bagno – e allora, campanello d'allarme al collo, bastone, mi spingo nella massima attenzione fino al gabinetto. La notte diventa così qualcosa di sempre meno attraente, e al mattino sono contenta che sia finita, quella specie di tortura, quella cosa noiosa che bisogna fare ma che riposante non è più. Al piano terra, se non altro, ho maggiori distrazioni, al piano terra, se non altro, non c'è l'idea di dovere dormire, la necessità di stare sdraiati. Curiosamente, il pisolino sul divano non presenta problemi. Almeno per ora.

La cosa bella di questa malattia, mi viene in mente leggendo un libro sui muschi nei giardini giapponesi, è che mi costringe a fare quello che non osavo ma desidero: starmene dove sono.

Giulio viene da me: una cosa brutta, mi dice, una notizia cattiva. Le galline sono state uccise. Dalla volpe? No, da un altro animale, c'è anche nel mio paese, anzi, ce ne sono due che si possono arrampicare e poi uccidono per succhiare il sangue ma non mangiano. La faina? La donnola?

Mengqi Xia, la dottoressa cinese da cui compro il Bu-NaoGao, dopo che le ho mandato gli auguri per il nuo-

vo anno cinese del cavallo, e le ho scritto di avere visto
il documentario di Ben Byer, suo paziente che ricorda
con ammirazione e che le mancherà sempre, è diventata
come più intima, così nel suo ultimo messaggio mi parla in un modo che mi pare un personaggio vulnerabile
ed etereo uscito da un racconto di Banana Yoshimoto o
forse di Murakami, una di quelle figurine immerse in un
mondo impalpabile di sentimenti delicati e inafferrabili
dimensioni virtuali. Mi dà infatti il link a un video di You
Tube con le dieci canzoni più famose degli Abba, mi in-
vita ad ascoltarle come qualcosa che potrebbe tenermi su
l'umore, mi dice di farle sapere di musiche interessanti
se mi capitasse di scoprirne. Guardo il video degli Abba,
vecchio gruppo pop degli anni della mia adolescenza,
con una certa tenerezza, sforzandomi di tenere a bada
lo snobismo. Li trovo così buffi, con quegli abiti bianchi
da ragazzotti vestiti a festa, le scarpe con la zeppa, quelle
melodie orecchiabili. Poi penso all'effetto della musica,
delle vibrazioni, sulle cellule, sull'anima, sulla vitalità, ripenso a tutto quello che ci siamo detti con Ossian sul mio
gotico padre, sugli atteggiamenti cupi e seri e disperati
ereditati da lui, «succhiati col latte paterno», se si potesse dire così, ripenso a quella volta che, dodicenne, alla
libreria Baroni gli avevo chiesto di comprarmi dei gialli,
ma lui non aveva voluto – troppo da persona comune
leggere i gialli! – e aveva scelto invece Edgar Allan Poe,
che mi ero costretta a leggere e apprezzare per essere sua
degna figlia, al punto di impostare la mia identità su questa lettura, e così disegnavo teschi ovunque, prediligevo
il macabro, mi firmavo Jonathan lo Sfregiato infantil-
mente entusiasta di emulare quel ridicolo personaggio di
Arsenico e vecchi merletti. E quindi gli Abba non erano

concepibili, come tante altre cose a cui nemmeno davo una chance. E adesso arriva Mengqi Xia che, del tutto ignara dei pregiudizi in cui sono stata allevata, mi spinge ad ascoltare gli Abba suppongo perché allegri e vitali, e coerenti in una strategia che così definisce: BuNaoGao, atteggiamento positivo, riposo, vitamina D con calcio in questi mesi privi di luce. Perché, mi scrive, trattando un paziente il medico ha bisogno di «sapere come dirigere la politica di salute e malattia: se lo stato d'animo del paziente resta basso troppo a lungo, il sistema immunitario, il sistema endocrino e quello nervoso si squilibrano, se il paziente ha poco calcio e vitamina D, i suoi nervi e muscoli non possono rilassarsi, e se questo stato di cose dura per troppo tempo, ne possono venire colpiti vari sistemi, e la malattia può scatenarsi. BuNaoGao aiuta il corpo nel suo insieme ad affrontare la malattia, c'è bisogno tuttavia di risolvere le cause del problema per ottenere risultati migliori». Qui trovo una concordanza con quanto mi aveva scritto Ossian, e che non avevo subito capito, là dove mi parlava di una possibilità di avvenire, «ma solo al prezzo di lasciarsi alle spalle un mondo imbevuto di una nostalgia potente e dal fascino irresistibile e velenoso», a patto di affrancarmi, mostrare indipendenza di spirito, molta allegria e gaiezza. Non avevo capito, sul momento, adesso questa curiosa mail di Mengqi Xia, mettendomi faccia a faccia con le fisime in cui sono cresciuta, mettendomi insomma in difficoltà, mi rende consapevole di qualcosa di talmente connaturato in me da avermi fatto perdere la capacità di vederlo. La mia prima reazione, nel leggere la mail di Mengqi Xia, è stata bollarla in cuor mio di cretina.

Parlo al telefono con il veterinario amico di Laura che usa le staminali con cavalli e cani e sta ora pensando ad applicazioni umane. Mi dice di fare attenzione alla dieta, prendere molti centrifugati di verdura (cetriolo soprattutto, barbe rosse, carote), vivere in modo rilassato e sereno, fare attenzione all'acqua, in modo da togliere terreno ai fattori che hanno scatenato la mutazione genetica alla base della malattia. Solo a quel punto, a malattia debellata, le staminali potranno fare qualcosa, migliorare la situazione. Altrimenti è come versare acqua in un secchio bucato, aggiungo io. Sì, il concetto è quello, mi dice.

Tutto quello che ho scritto prima non vuol dire che adesso mi devo fare per forza piacere gli Abba. Anche se per un attimo mi ha divertita l'idea di aggiungere un sottotitolo a «Il giardiniere e la morte»: come gli Abba ti possono salvare la vita. C'è qualcosa di deliziosamente mistico nell'idea di una canzone degli Abba – *Dancing Queen*? – che, come il filo di Arianna, tiri fuori dal regno del Minotauro. Cosa ho detto? C'è poco da fare, qualsiasi mio pensiero finisce col confezionarsi in forma di riflessione di ex allieva di liceo classico. Proprio così, sono incorreggibile. Arrivo a riconoscere che le musiche singalesi che Giulio suona in auto sono allegre e piacevoli, a patto però di vedere in Giulio una sorta di benefico Papageno. Credo mi sarà difficile sviluppare una passione per gli Abba, posso però provare un regime di musica meno seriosa a partire da quello che conosco. Ho appena ascoltato una canzone che adoro, *Motocicletta 10HP* di Lucio Battisti. La so a memoria.

Questa sarà forse l'unica giornata di sole di tutto febbraio. A Mengqi Xia è piaciuta la canzone di Lucio Battisti, me ne ha mandate a sua volta dal musical *Oliver!*
insieme ad alcune canzoni cinesi che però non riesco ad
aprire. Mi scrive che ci sono talmente tante cose belle al
mondo, che se mi concentro continuerò a trovarne sempre di più, un'infinità, e non ci sarà più tempo di sentirsi
cupi. Con buon sonno e una mente pacificata, il cervello
si rafforzerà, mi scrive, e tutto questo mi aiuterà a migliorare le capacità di guarigione. Mi chiedo come avrò fatto
a darle l'impressione di essere tanto depressa. Forse nel
dirle del brutto tempo, e di com'è difficile valutare l'effetto del BuNaoGao in circostanze simili?

Guardo uno dei brani di *Oliver!* che mi ha mandato
Mengqi Xia. *You've got to pick a pocket or two*. Ma certo,
avevo visto il film. È carino, divertente, mette allegria.
Bisogna dunque essere come bambini? Spensierati? C'è
chi direbbe frivoli. Ne sono capace? Mi viene in mente
la lettera che mi scrisse mia madre prima che nascessi –
temeva di avere una bambina che si interessasse solo di
vestiti e altre sciocchezze. Mi viene in mente mio padre
che mi diceva che chiunque fosse dotato d'intelligenza
non poteva non uccidersi. Ma davvero c'è bisogno di ri-
pensare a tutto questo? No, no, bisogna staccarsi da quel
passato, anche dal suo ricordo.

Massaggio con Charlotte. Ogni volta sprofondo in uno
stato come di samadhi, di passività totale e meditazione
profonda, immagini vengono e vanno, inafferrabili, poi
momenti di rilassamento in cui non so bene dove sono,
anche se non è sonno. Chissà cosa sono e da dove ven-

gono quelle immagini di cui nulla ricordo, chissà se non si liberano e traducono in mini video-clip quando Charlotte scioglie una tensione, un nodo, quei punti dove a volte mi fa male e dove mando il respiro. Ne esco come ripulita, e dopo certo devo bere molto per espellere tutte quelle tossine rimesse in circolo. Mi pare che in questo modo si toglie il residuo, vanno via le scorie, tutto quel passato di cui non c'è da avere nostalgia. Poi è bellissimo quando Charlotte, a massaggio vero e proprio terminato, mi percorre a distanza con le mani, e io sento arrivare calore. Un meraviglioso sabato mattina, quasi due ore di distensione assoluta, abbandonandomi all'energia di Charlotte che emana bontà e vigore.

Che vento, questa notte. Quante volte mi sono svegliata. Rescue drops. Verso le cinque mi rassegno: insonnia. Finisco di leggere un romanzetto. A tratti, nel corso della notte, l'idea che sì, bisogna sbrigarsi a iscriversi a Exit. Mi visualizzo come il sovrano assoluto sulla copertina del *Leviatano* di Hobbes: una grande testa che guarda verso il basso. Verso un corpo non più in grado di rispondere. Ci stiamo arrivando. Per scendere dal letto spingo dalle braccia, facendo scivolare le gambe sul lenzuolo. Follia forse temporeggiare ancora. Penso alle lettere che devo scrivere, da far spedire dopo la mia morte da Zurigo. La mattina, al risveglio, Macchia viene nel mio letto. Ci guardiamo negli occhi. Già, Macchia. Potere non uccidersi!

Ma è troppa la paura di restare in trappola. Noto che le dita reggono male la matita con cui scrivo. Mi fa orrore l'idea di trovarmi con le mani ridotte come i piedi, completamente inerti, sorde a qualsiasi impulso. Non posso rinunciare alle mani. Dovrò andarmene prima.

Non è vero quello che dice Sarina. Ho paura, molta paura. Solo che non me ne ero mai resa conto. Oggi è morto, a cinquantatré anni, un signore che è stato malato al motoneurone per quindici anni, di cui gli ultimi nove confinato a letto. C'è poi Marinella, immobile da più di venti. Di questo non posso capacitarmi: lasciarmi ridurre alla paralisi, all'impotenza. Il pensiero mi terrorizza. Mentre scrivo questo, non mi si stanno rizzando i capelli in testa, non sudo, non mi batte il cuore. È freddo, quello che provo, è una cosa della mente. È un prevedere quanto sarei disperata, se fossi ridotta così. È un sapere che tanti, così ridotti, implorano un aiuto che nessuno è disposto a dare. Sono chiusi in gabbia e nessuno vuole prendersi il rischio di aprire loro la porta.

La notte, questa insonnia che mi fa ormai temere l'ora di andare a letto. Prendo *Il Piccolo Principe*. L'ho letto, credo, tante volte, eppure provo la sensazione di leggerlo veramente, con pazienza, senza altro scopo che leggerlo, senza correre da una pagina all'altra alla ricerca di qualcosa che ho già in mente, soltanto adesso. E dal momento che ieri leggevo in *The Beginning of Desire* di Avivah Gottlieb Zornberg della generazione travolta dal diluvio, e di Noè unico salvato, ma non perché fosse giusto, chissà, e dal momento che essermi ammalata è il mio personale diluvio, mi chiedo nell'insonnia se sia stata spazzata via la vecchia me, quella simile alla generazione del diluvio, e se non mi trovi, come Noè protetto ma anche prigioniero dell'arca, costretta dentro una malattia che mi

170

trasforma e potrebbe farmi approdare sul monte Ararat. Pensieri notturni, che al mattino mi sembrano tirati per i capelli, composti come i sogni (che l'insonnia tuttavia impedisce) da brandelli di eventi del giorno prima mescolati a casaccio.

È venuta Francesca, mi ha portato dei gialli. Tra questi, un vero giallo Mondadori, dalla copertina gialla, di quelli che avevo desiderato a dodici anni: *Il grande sonno* di Raymond Chandler. Perfetto, anche nel titolo, per l'insonnia.

Leggo *The David Story* annotata da Robert Alter, arrivo a *1 Samuele, 16*, dove Dio manda uno spirito cattivo a Saul non più re. Saul piomba nel terrore, si cerca allora qualcuno che, suonando uno strumento, ne risollevi gli spiriti. Questo qualcuno è David, già unto re, suo successore, pieno dello spirito di Dio da cui Saul è stato abbandonato. Ecco, la musica come terapia. A me gli Abba, a Saul David.

Dancing Queen degli Abba ha effettivamente un suo fascino vitale, buffa poi nella versione monarchica del '76, al Teatro dell'Opera di Stoccolma, in costume settecentesco, di fronte ai reali. Questa notte con l'insonnia è andata meglio. Quando verso le 2.30 mi sono svegliata di colpo, ho iniziato *Il grande sonno*. Che mi pare di avere già letto in inglese. Ricordo di avere visto il film di Howard Hawks. È scritto benissimo, quindi il trucco con l'insonnia è questo: vederla come un'opportunità. Di passare qualche ora la notte, nel silenzio, con la tisana, a leggere un bel libro. Tra l'altro, mi chiedo che immagine stereotipata e ammuffita avesse mio padre dell'intelligenza. In cosa *Il grande sonno* sarebbe inferiore a un racconto di Edgar Allan Poe non mi è chiaro. È forse il suo avere una copertina gialla in una serie popolare a renderlo sospetto? Giallo è una classifica editoriale, nulla più. Che piega avrebbe preso la mia vita se, invece di Poe, assorbendone umori gotici, avessi invece letto, a mio piacimento, romanzi gialli? Chissà, forse mi sarei messa a scriverne. O forse no, comunque: avrei magari trovato meno tortuosamente la strada verso la scoperta di un gusto più schiettamente mio.

Marinella mi scrive che domenica si sono ritrovati tutti per la merenda, anche i nipotini hanno letto la pagina che ho dedicato al suo libro e Bianca si è convinta che io fossi una compagna di scuola della sua nonna alle elementari. Le rispondo che, in un certo senso, è vero, siamo compagne di scuola. Marinella mi dice che mi sente amica, propone di scriversi. Le chiedo di questa nipotina. L'inizio di questa amicizia con Marinella mi riporta il ricordo di come avevo reagito a quella signora, di Gallarate se non sbaglio, con cui un paio di anni fa avevo, con mio gran dispetto, condiviso la camera all'Auxologico di Milano. Ero rimasta sconvolta nel venire ricoverata nella stessa stanza con «un essere morente», come avevo definito quella donna completamente paralizzata, attaccata a un respiratore, incapacitata a parlare, che mi seguiva con lo sguardo mentre facevo quanto a lei era negato: andare nel bagno, mangiare da sola, decidere di lasciare l'ospedale prendendo un taxi. Mi aveva indignata, venire così brutalmente scaraventata nel girone di una morte al rallentatore. Io che zoppiccavo appena, io che con tutta quella roba lì non volevo avere assolutamente niente a

172

che fare. Era stato orribile, vedersi sbattere in faccia il futuro. La mia reazione era stata di ostentata estraneità, come se mantenere le distanze potesse aiutarmi. Ero stata gentile, certo, formalmente educata, avevo chiamato le infermiere quando capivo che ce n'era bisogno, quante volte però, quando la malata voleva la televisione accesa, avevo finto di non accorgermene. E come avevo evitato qualsiasi conversazione. Solo l'ultimo giorno, quando ero ormai certa che me ne sarei andata per non tornare mai più, ero scesa a più miti consigli e, nel salutare, avevo fatto qualche domanda di cortesia. Iniziando la conversazione solo con la certezza che non sarebbe potuta durare più di qualche minuto. E così, mentre mi indicava col dito, su un cartellone, le lettere delle parole che non era più in grado di pronunciare, avevo appreso che era la mamma di quattro figli, e quando le avevo detto che era uno scandalo che ci facessero vivere così (oh, con quanta indelicatezza: per «così» intendevo lo stato in cui si trovava lei, e che io temevo di raggiungere) lei aveva compitato: ci tengono qui solo per i soldi. Mi torna spesso in mente, quella signora a cui non ho voluto dare più spazio, di cui non ho voluto sapere di più, da cui ho cercato di stare il più lontana possibile, indignata che qualcosa di tanto spaventoso potesse accomunarci. Io, come lei? Impossibile. Inconcepibile. Avevo creduto di salvarmi da quel destino mantenendomi fredda e distante (oh, ma salvando le apparenze, certo, non dandolo a vedere!) E così non posso non capire una grande amica di un tempo, sparita quando è diventato chiaro dove andavo a parare. Capisco: il terrore istintivo del contagio, la speranza, folle, di trarsi in salvo stando il più lontano possibile da quello che non si vorrebbe mai sapere.

Il cruccio di essere stata tanto egoista con la signora di Gallarate mi riporta alla memoria una fiaba da cui mi sono spesso sentita interpellare come da un timore circa la mia vera natura, e che per tutta la vita ha continuato a tornarmi in mente a intermittenze. L'avevo letta da adolescente nei *Karamazov* (libro settimo, capitolo terzo). Ad Aleša la racconta Grušenka, quella Grušenka che conosce il lato più vile degli uomini e sa come loro offendono. Eccola:

C'era una volta una donna molto cattiva e avara. Non aveva mai avuto una parola gentile per nessuno, non aveva mai donato niente a nessuno, si era mostrata dura di fronte a ogni richiesta di aiuto.

Quando morì, il diavolo venne subito a prenderla per portarsela all'inferno. La scaraventò senza tanti riguardi in un lago di fuoco e di fiamme, dove i dannati guizzavano alla ricerca di un sollievo impossibile. La donna si chiedeva come uscire da quell'inferno, si disperava di essere stata tanto cattiva. Finché si ricordò di una cipolla che aveva donato una volta a un uomo che aveva bussato alla sua porta: aveva un aspetto talmente misero e sofferente, quel poveretto, da indurre a pietà perfino il suo cuore di pietra.

Il suo angelo custode scese allora dal cielo, attraversò le nubi nere di fumo, si presentò alla donna con la cipolla in mano, l'unico dono che lei avesse mai fatto a qualcuno.

Aggrappati alla cipolla, reggiti bene, e io ti tirerò fuori da questo lago di fuoco.

La donna strinse la cipolla con tutte le sue forze, con il cuore che le batteva dalla paura che il gambo si spezzasse.

Non appena gli altri dannati si accorsero della donna

che stava uscendo dal lago di fiamme e cominciava a salire
verso il cielo, cercarono di acchiapparla. Chi le teneva un
piede, chi un lembo del vestito, chi un braccio, mentre altri
ancora cercavano di attaccarsi a questi primi.

Terrorizzata che la cipolla non reggesse il peso, piena di
rabbia e di sdegno verso quella massa di intrusi che stavano
per annientare la sua unica possibilità di salvezza, la don-
na prese a minacciare e insultare gli altri dannati, a urlare
loro a male parole che non osassero toccarla, aggrapparsi a
lei. Stava già per scomparire dentro la nube nera di fumo,
quando li maledisse con tutto l'odio che covava in cuore.

A quel punto, il gambo della cipolla si spezzò, e la don-
na precipitò nel lago di fuoco e di fiamme insieme a tutti i
disperati aggrappatisi a lei.

Questa fiaba mi ha preoccupata a lungo. Il senso mi
era chiaro: cacciando gli altri dannati che cercavano
una via di scampo, decisa a salvare soltanto se stessa, la
donna aveva confermato la sua durezza di cuore, aveva
dimostrato ancora una volta di non avere capito nulla.
Ovvero che solo un gesto estremo di bontà, un atto di
generosità radicale, folle, al di là di ogni calcolo, avrebbe potuto operare il miracolo, l'annullamento della sen-
tenza irrevocabile che l'aveva condannata all'inferno. Si
era aggrappata alla cipolla col cuore colmo, al solito, di
egoismo. Per questo quella grazia insperata non aveva
potuto avere corso: la donna aveva dimostrato che nulla
in lei era avvenuto, non c'era stata riconversione alcuna
del cuore. Era rimasta quella di sempre, impervia a ogni
lezione. Incorreggibile. Pure stupida: non si era accorta
che, all'inferno, ci sono solo anime immateriali, anime
prive di peso corporeo – Dante non viene riconosciuto

per vivente all'inferno perché, unico tra tutti, grava del suo peso la terra? Ulisse non cerca invano, nell'Ade, di abbracciare l'ombra della madre? Per questo la cipolla, quell'unica fragile cipolla, avrebbe potuto trarre in salvo non la donna soltanto, ma la massa intera dei dannati, la somma di ogni anima restando altrettanto immateriale e impercettibile a qualsiasi forza di gravità. L'uno altrettanto imponderabile dei molti.

Avevo paura di somigliare a quella donna cattiva. Mi chiedevo cosa avrei fatto al suo posto, se un dannato mi si fosse attaccato mentre cercavo di uscire dall'inferno. Mi terrorizzava dovere ammettere che sicuramente avrei reagito cacciando quel poveretto. Ma se avessi invece capito, con l'intelligenza e l'astuzia, che nulla del mio egoismo doveva trapelare? Che la prova consisteva proprio in questo, dimostrare una generosità del tutto estranea alla vera natura? Avrei saputo giocare la partita estrema, lasciare che mi si attaccassero tutti nella scommessa della vittoria? In questo caso mi sarei procurata una situazione vantaggiosa, senza per questo transustanziare il mio cuore. Una salvezza frutto di calcolo, non di merito. Ma si può forse ingannare Dio che legge nei cuori?

Questo inverno tanto caldo è una benedizione per le camelie, non sono mai state tanto belle, con quei petali immacolati, turgidi, copiosi. Mentre ogni altro anno restavano sciupate dai lividi marroncini del gelo, simili alle chiazze dell'età sulle mani dei vecchi.

Terribile insonnia, giorno dopo giorno, come non era mai successo. Si direbbe che il cambio del letto in camera abbia sortito l'effetto contrario. In generale, ho la sensazione che tutto questo gruppetto di *ghostbusters* che mi ha fatto sostituire il letto, che ha trovato insidie in ogni dove, sia allineato sul pensiero paranoico. Penso a Louise che ha temuto, ogni volta che è venuta a casa mia, la presenza di qualcosa di nocivo: dal sistema di allarme, alla pergola che le dava un senso di oppressione (per fortuna non ho fatto nulla, adesso che le piante sono cresciute nemmeno Louise ha la sensazione che la collina le stia cascando addosso) al medico di Louise che a ogni paziente indica il nemico (grano, solanacee, latticini).

Aldo mi consiglia lo sciroppo Ventolin, broncodilatatore contro quelle che potrebbero essere crisi d'asma. Questa notte è andata un po' meglio, anche se ormai pare non riesca a dormire più di un'ora di seguito. Verso le 5.30 ho meditato. Ieri sera ho iniziato a leggere Pema Chödrön, *Il risveglio del cuore*. Era stato lasciato bene in mostra da Lenuca che deve avere spolverato, sul comò alto, la serie dei libri buddhisti. L'ho preso come un segno e mi sono messa a leggerlo. Credo mi aiuti di più del *Grande sonno*, che ho lasciato dopo la prima notte. Ben scritto, ma io ho bisogno più di andare dentro – anche col respiro – che di distrarmi.

In crisi col Qi Gong: la sequenza mi annoia, da un po' di tempo continuo a non provare nulla, mi pare una serie di movimenti privi di senso imposti dall'esterno. Forse queste crisi di soffocamento, questa fame d'aria, sono l'espressione psicologica della mia ansia nel vedere la vita sempre più circoscritta.

Per la seconda volta in piscina: questo sì che mi fa bene. Perché mi fa sentire tonica, mi dà una sensazione di piena salute, risveglia il ricordo di cosa sia, la salute. Forse nemmeno l'agopuntura serve a qualcosa. Non ho nemmeno voglia di affrontare tutte le pratiche per la modifica della patente. Cosa me ne faccio, alla fine, di potere guidare? Quando comunque mi sento più al sicuro se accompagnata. No, ho già speso e perso tempo inutilmente, basta così, lascio perdere. Questa notte ho dormito con mezza pasticca di Stillnox.

Mi ha scritto Marinella. Dice di avere segnalato «alle compagne» l'uscita del mio articolo su *Gardenia*, che alcune hanno preso il giornale e «trovato l'articolo molto bello». Le ho risposto chiedendole: «Cosa intendi con compagne? Forse di questa nuova scuola di cui faccio parte anch'io?»

Marinella risponde alla mia: «Non ti ho detto che, grazie al mio libro, ho ritrovato tutte le compagne di liceo, anzi: loro hanno ritrovato me. Francesca è una di loro; il primo incontro, dopo quarant'anni, è stato quasi comico, poi ci siamo veramente ritrovate ed ora ci vediamo abbastanza spesso. È strano, lo so, ma sono le avventure di questa malattia. Ora ci sei anche tu, una nuova avventura di amicizia».

Ieri un momento di disperazione quando c'era l'agopunturista. Gli ho detto che ero in crisi con il Qi Gong, che non aveva più senso per me. Mi è venuto un attacco di panico, mi mancava il respiro, non potevo stare sdraiata senza tre cuscini. Poi mi sono calmata. Ho telefonato alla dottoressa Vignocchi, mi ha detto di prendere Samyr per una settimana; se le crisi respiratorie passano in quel modo, vuol dire che si tratta di ansia o depressione. È una stagione difficile, e poi questo mese è tanto cupo di buio e di pioggia. La sera, forse per la cena troppo tardi, o non so cosa, altro momento di disperazione, mi sarei messa a piangere. Arrivo malmostosa a tavola. Al punto di provare disgusto per gli spinaci che mi porta Giulio, a cui senza volere lancio un'occhiata tragica, come non me ne ha mai viste. Mangio solo della quinoa, l'uovo alla coque, poi gli chiedo il Pascossan e lo prendo con lo yogurt. Ho bisogno di stare leggera, altrimenti il mangiare mi preme sullo stomaco e mi sento soffocare. Dopo cena cammino per la stanza col deambulatore: in piedi respiro meglio, non mi viene l'oppressione allo stomaco come da seduta. Giulio mi aiuta a respirare, io sono in punto di lacrima, lui mi dice che posso chiamarlo anche di notte, in qualsiasi momento, tiene il telefono acceso. È un angelo. Ma non voglio tirarlo scemo con le mie ubbie. Non devo crollare. Salgo poi in camera. Decido di non prendere lo Stillnox. Cerco di riposare su tre cuscini, mantenendo elevata la testa rispetto al corpo. Cerco di contemplare il nodo dell'ansia anziché lasciarmene sopraffare. È ansia, non è difficoltà respiratoria, sto respirando, dopotutto. Contemplo, sento di dovermi abbandonare a Dio, accettare senza paura quello che c'è, lasciarmi cadere, fiduciosa che se anche fosse il morire, questo, non può non essere la cosa migliore per me anche se non sono in grado di rendermene conto. Non opporsi, non temere, contemplare, sopportare il fastidio pensando che la vita non può essere solo e sempre piacevole, vivere accettando che esiste la sofferenza. Penso al massacro in corso in Africa, all'Ucraina incendiata dalla guerra civile, alla Siria, a tutte le per-

179

sone in quel momento prive di qualsiasi agio nel dormire, nell'avere scampo. Cos'è l'apprensione nel respirare che turba il mio sonno? Una cosa tanto piccola, una sofferenza minima. Lo shock di scoprire che non posso darli per scontati, sonno e respiro. Verso le cinque riesco a passare dal riposo a un sonno funestato da bruttissimi sogni. Al risveglio, decido che bisogna fare qualcosa. Mando Giulio a comprarmi il Samyr e la pompetta col broncodilatatore. Vado a camminare fuori, c'è il sole, a Giulio ho detto di tagliare l'erba nei vialetti così posso andare a vedere se sono fiorite le camelie in fondo al giardino. È davvero primavera! Scorgo il rosso brillante della *Chaenomeles*, una bella varietà dal portamento elegante: non un intrico di rami, ma due sole branche ben distanti tra loro, con poche corolle però seducenti, non la solita ressa di chiazze rosso stinto che affliggono di questa stagione i giardini. Giunchiglie e anemoni sono in piena fioritura, è tutto in incredibile anticipo. Arrivo fino in fondo al confine settentrionale del giardino – come è cresciuta la *Quercus spinosa*, dopo essersene rimasta ferma tanti anni! Mando poi Giulio a prendere la carrozzina – sono fuori esercizio, e a raggiungere il confine sud-occidentale, là dove ho piantato le ultime camelie, mi verrebbe un gran male al ginocchio. Strada facendo, mi fermo ad annusare la *Lonicera fragrantissima*. Macchia corre all'impazzata, felice di non trovarsi più confinata in casa dalla pioggia. Trovo un paio di camelie del tutto prive di bocci, mentre quella rosa dai petali serrati, che dopo la messa a dimora si era negata per sei anni di seguito, si è degnata finalmente di fiorire. Raggiunta l'ultima pergola, trovo la *Clematis armandii* nata spontaneamente quattro anni fa nel ghiaino da un seme caduto dalla pergolina davanti a casa, e da lì trapiantata.

È piena di bocci. Dovrò tornare a vedere di che colore sono i fiori. Mi ha fatto bene, questa lunga passeggiata con ricognizione e in un certo senso ripresa di possesso del giardino. Non ho avuto crisi respiratorie, sento nuove forze. Oso allora quello che pensavo non avrei tentato mai più: salgo in cucina. Forse anche questo mi aveva depressa, perdere il contatto con una parte così vitale della casa, con la sua anima, il fuoco. Con Giulio faccio ordine, a cominciare dal cassetto della pasta e dei legumi, gli spiego che d'ora innanzi voglio mangiare leggero, combinando un legume e un cereale. Per oggi, facciamo la fava di Santorini, che David mi aveva preparato in purè con sopra l'aneto e il cipollotto crudo tagliato fine, olio e pepe. Fava e quinoa, un desinare perfetto, nutriente, non mi appesantisce. Subito dopo vado a fare una passeggiata in giardino, invece di stendermi sul divano in preda a sonnolenza da abbuffata. Comincio a capire come uscire dalla crisi: mangiare meno camminare di più.

Viene a trovarmi Angelo e mi porta l'*Index seminum*. Gli mostro tutta fiera le mie camelie Higo, in un vasetto di vetro blu sul tavolo, gli dico che anno di grazia è stato questo per loro: non ha fatto troppo freddo e i petali non sono imbrattati dai geloni. Tutto sbagliato, mi dice: quelle macchie che io credevo geloni sono invece un fungo che prospera col primo caldo, quando, a inizio primavera, le camelie di norma fioriscono. Adesso quel fungo non c'è perché è troppo presto, e anche se fa caldo, non è così caldo, la notte, come di solito in marzo-aprile.

Andata bene col respiro tutto il giorno: sta a vedere che bastava mangiare un po' meno. Sta a vedere che era solo una piccola contrazione d'ansia.

E invece il panico torna. Che cosa strana. Quando venivano a mio padre, gli attacchi di panico, o quando era mia madre, a prendere l'Ansiolin, facevo spallucce, quasi fosse un loro farla lunga, un loro essere sbagliati. Adesso, mi accorgo di come sia incomprensibile tutto questo: da dove viene? Si direbbe: il corpo che ha paura.

Ormai senza pillolina non mi addormento.

Vera mi scrive di avere sofferto di crisi di panico da bambina. Di essersi sentita soffocare. Mi chiede come va, le rispondo che il broncodilatatore non fa differenza, ma sto cominciando a diventare paziente verso questi attacchi, a cercare di non pensarci troppo. Anche se mi ritrovo a sperare che il giorno non finisca, che non scenda mai la notte. Ma non bisogna parlarne troppo, perché questi attacchi sono autoindotti – c'è qualcosa di spaventoso, nel potere della mente. Tante cose sono spaventose, suppongo il buonumore sopravviva solo perché non ci fissiamo. A ben pensarci, cosa c'è di più spaventoso dell'avere un corpo tanto per cominciare? Che brutto scherzo, avere un corpo! Piove, provo una tristezza immensa per la vulnerabilità e imperfezione di ognuno, di ogni cosa. Che sia questo, l'amore?

Ho guardato il video mandatomi da Paul, su Dignitas. L'ha girato Terry Pratchett, uno scrittore inglese. Non ho pianto, come Paul e sua moglie, guardandolo, ma mi è passata del tutto la voglia di iscrivermi: non mi entusiasma, accomiatarmi dalla vita in quella casetta azzurra in un quartiere industriale a venti km da Zurigo, indaffarata a firmare carte di consenso al suicidio assistito. Più simpatico il taxista cockney che se ne sta tranquillo allo hospice, e vive momento per momento. Mentre gli altri sembrano sopraffatti dalla paura di non fare in tempo a tagliare la corda. E così se ne vanno troppo presto, quando potrebbero ancora godersi la vita. Sono costretti a sbrigarsi, perché iniettare il farmaco è illegale, indispensabile poterselo somministrare da soli.

Forse ieri mi sono stancata troppo a intrattenere gli amici, col cinema, poi il ristorante, e prima le chiacchiere, e il pranzo, e niente meditazione, e insomma, oggi per la prima volta non riesco a entrare nella doccia, la gamba destra proprio non si solleva. Ho dovuto chiamare Giulio. Mi rendo conto di essermi fatta cogliere impreparata – era chiaro che la mia capacità era al limite. Ancora un millimetro meno, ancora un motoneurone meno, e sarei rimasta bloccata. Ecco, quel giorno è arrivato. E io devo organizzarmi, in ritardo.

Sole, freddo, fuori è sbocciata la camelia striata a fiore doppio, con il cuscino di pistilli dorati.

Nelle memorie di Paul ho trovato il nome del medico di un hospice fiorentino. Paul si è trovato bene con lui. Quello che rassicura me: in caso di crisi respiratoria, si può venire sedati, morire in coma farmacologico, senza soffrire – tutto questo, dopo avere chiaramente espresso la volontà di non sottoporsi né al sondino per la nutrizione né alla respirazione assistita.

È strano quello che è successo. È come se mi fossi congratulata con me stessa, riposando sugli allori, adagiandomi sulla sensazione illusoria di un lavoro ben fatto. Mi sono bene organizzata, pensavo, ho un bravo assistente con il suo appartamento separato, ho il montascale, ho messo le maniglie per andare nel bagno, la ringhierina vicino alla doccia, vado in piscina a fare fisioterapia. Solo ad andare in cucina ho rinunciato, tanto Giulio mi porta giù da mangiare. E questo mi pareva un bel quadretto, uno stato di cose in cui avrei potuto restarmene tranquilla per un tempo indefinito. La malattia però non è stata ferma, ha continuato a progredire, mi ha rincorsa e superata: ecco, mi ha seminata nel bagno. Non posso più lavarmi da sola. Sono in ritardo rispetto all'accelerazione, o forse semplicemente al normale andamento della malattia. Adesso, per recuperare il ritardo, ci vorrà almeno un mese. Il fisioterapista non potrà venire prima di lunedì. Per iniziare e concludere i lavori, un mese ci vorrà tutto. E io intanto dovrò farmi lavare, sperando di potere almeno continuare a raggiungere il gabinetto da sola.

Nello stagno è tutto un brulicare di vita. E di morte. Non si contano i maschietti di rospo avvinghiati al corpo di rospe maestose – con tanta passione e possessività, da soffocarle. Piccini i primi, almeno tre volte tanto le seconde, al punto di venire concupite da più di un abbraccio, anche otto manine e altrettante zampe palmate per volta. Suppongo sia per questo che ogni giorno trovo rospe soccombenti a questo lacustre confluire di amore e di morte, macabra parodia di *Liebestod*; i decessi forse incrementati dai falsi inizi di buona stagione subito smentiti da inesorabili ritorni di gelo. Sospetto se ne perdano più per amore che per investimento stradale. Capita di trovarne anche dieci in un giorno. Quando ancora stavo bene, li pescavo col retino e li seppellivo al piede delle piante più bisognose di un'iniezione di buon concime organico. Nell'acqua limpida, ripulita dall'eccesso di vegetazione, galleggiano sacche di uova, di rospi ma anche di rane: singoli albumi trasparenti con dentro il vinacciolo nero del nucleo, disposti a grappoli oppure a nastri. Tempo un mese o due, il prato sarà tutto un saltellare di minuscoli anfibi simili a cavallette scure. Ci vorrà allora la massima attenzione per non calpestarli. Non tutti vivranno. Anche le galline faranno loro la posta. Come a dei lombrichi che non c'è nemmeno bisogno di raspare la terra, per mangiarseli: saltano quasi nel becco, come le albicocche dorate che cadono in bocca nei paradisi islamici.

Allungata sul letto, la mente vaga, in uno stato tra la meditazione e l'assopimento. Avverto un freddo, e insieme il desiderio di guarire, di riuscire a convincere le mie cellule a sanarsi, smetterla di degenerare. Guarire: deve essere così strano, dopo tutto questo, sapendo cosa significhi non potere muovere le gambe, vedere le mani che perdono forza, il respiro forse compromesso, trovarsi di nuovo in una condizione in cui le gambe obbediscono svelte, il corpo si muove agile, si può scattare correre marciare veloci chinarsi sollevarsi arrampicarsi ballare dare calci avvertire il vigore nelle membra e sentire tutto questo come lo stato naturale, ovvio, delle cose. Ritrovare quella salute di ferro che per tanti anni mi sono riconosciuta considerandola il minimo che potesse darmi la vita, la condizione normale e ovvia. Stesa sotto le coperte, pensavo come sarebbe stato bello aprire gli occhi e ritrovare le gambe, saltare giù dal letto, fare d'un balzo le scale. L'allegria del vigore. Come mi sentivo felice in bicicletta!

Christine mi ha appena scritto che verrà lo stesso a trovarmi, nonostante le abbia detto come mi stanco facilmente, quanta poca ormai l'energia. Come mi troverà in questa mia condizione tanto diminuita? Lei con quella sua sveltezza da soldatino, quel suo turbinare veloce, la sua energia che semplifica tutto e la porta a volare dalla cucina al giardino alle letture, come una ragazza sempre fresca, entusiasta. Come sarà per lei accompagnarsi alla mia lentezza, stare fianco a fianco con la mia giornata in cui non si fa più di una cosa sola – o in piscina o al cinema, o al ristorante o a fare due passi in giardino. E per me, se mai guarissi, come sarebbe vedersi restituita la forza? Come il giorno che torna a rischiarare la notte? E forse per questo mi inquieta ormai tanto la notte, perché dispero che il giorno possa davvero mai tornare? Ma si può davvero tornare, dopo avere saputo tutto questo?

L'insonnia continua, sono stanca, non mi abbandono al sonno perché ho paura di non respirare. Mi accorgo di essere diventata molto poco disponibile all'ascolto: mi stanca. Ho troncato la conversazione con un amico che voleva raccontarmi i suoi contrattempi, non provo il minimo interesse per quello che un altro vuole dirmi della sua gelosia. Ho uno straordinario bisogno di silenzio. Le interazioni umane mi sfiniscono.

Ieri è venuta la fisioterapista a consigliarmi come organizzare il bagno. E Fabio, che farà i lavori e aveva in viso un'espressione straordinariamente triste e bella. Ci sarà molto da cambiare: ci vuole un vero bagno per disabili. E poi c'è bisogno di una comoda in camera, di una carrozzina elettronica per potere andare da sola in giardino. Fatica di pensare a tutto questo: ancora una volta i muratori, gli idraulici. Non si finisce più. La notte, quando non riesco ad abbandonarmi al sonno per paura di soffocare, mi dico: tutt'al più muoio. Leggo Irvin D. Yalom, *Momma and the Meaning of Life*. La storia di Irene, per la quale la morte del fratello a vent'anni e del marito a quaranta-cinque rappresentano la fine dell'innocenza, l'arrivare a percepire la paura della sua stessa morte. Gratta gratta, a questo si arriva forse tutti: la paura di morire. Altro che preoccuparsi di cosa ne sarà del giardino. Non saremmo tutti pronti ad abbandonare i nostri giardini al loro desti-no, pur di avere salva la pelle?

Leggo in Irvin D. Yalom: alcuni temono talmente il debito della morte, da rifiutare il prestito della vita. Ugh, mi ricorda qualcosa di me!

Nella poesia *Come In* di Robert Frost, ritrovo questi versi:

Too dark in the woods for a bird
By sleight of wing
To better its perch for the night,
Though it still could sing.

Troppo buio nei boschi perché un uccello
Con un colpo d'ala
Trovi migliore sostegno per la notte
Anche se potrebbe ancora cantare.

Così per me.

Eppure non sono convinta che sia la morte quello che temo: la paura della sofferenza, del viaggio di arrivo, è più forte della paura di non esserci. Voglio rileggere la vita di Buddha raccontata come una lunga bellissima fiaba da Thich Nhat Hanh – quella storia, non è forse tutta incentrata sul rispondere allo sconvolgimento di scoprire l'esistenza di morte vecchiaia e malattia? Nella storia di Siddharta l'analisi dell'angoscia è completa: non scaturisce solo dalla scoperta del non essere, ma anche e parimenti della malattia (quindi la sofferenza fisica) e della vecchiaia (quindi lo scemare delle forze). Concentrarsi sulla morte, il minore dei mali quando istantanea, indolore, è fuorviante. Il suicidio potrebbe essere una risposta all'angoscia non tanto della morte, quanto dei lenti, dolorosi, mortificanti processi di malattia e vecchiaia.

Incredibile. Sono riuscita a dormire ascoltando ASMR *Magical Ear Sounds*, uno dei video mandatimi da Mengqi come alternativa alla pillola di Stillnox. Mi sono fatta portare su il computer, me lo sono messo accanto al cuscino, ho acceso il video e sono rimasta sdraiata ad ascoltare, all'inizio col letto illuminato dallo schermo. Mi sono lentamente assopita, e nonostante la registrazione sia finita prima che veramente dormissi, mi è piombata addosso una sonnolenza ghiotta, sensuale, simile a quella che si prova da bambini. Perfino in una traccia di incubo (qualcuno che mi soffocava) c'era qualcosa di giocoso. L'altro fattore di tranquillità è stato la comoda: evidentemente la paura, quando mi alzo per raggiungere il bagno, di cascare la notte contribuiva a un sonno agitato.

Profondamente commossa dal regalo della mamma per il mio compleanno: i suoi *Appunti su Zenone di Elea*. Sono bellissimi. Nessuna altra mamma avrebbe potuto fare un regalo così a sua figlia. Capisco finalmente il valore di mia madre: è una discendente degli antichi Greci, è stata se stessa e felice solo in Sicilia, in Magna Grecia. I suoi appunti li ha scritti a mano, senza ricorrere a macchina da scrivere o computer. Come Diogene, non avrebbe avuto bisogno d'altro che della luce della mente, della ricerca e della contemplazione del Vero. Chi sa come, questo essere meraviglioso è rimasto impastoiato in difficoltà tali da impedirle di spiegare le ali, che aveva grandi. Mentre medito, pizzicorino al naso: pensando a quanto avrebbe, lei e tanti altri, voluto riuscire, a quanto aveva di unico in sé, senza poterlo realizzare. Oggi, con questo che ha definito il suo ultimo scritto, me ne ha portato una testimonianza che sono stata finalmente in grado di capire. Dopo anni in cui ho rifiutato di apprezzare mia madre, in cui le ho solo rimproverato di non essere un'altra, una mamma come tutte le altre. La madre che, egoisticamente, il bambino vuole per sé, in sua funzione, nient'altro che in sua funzione.

Questa mattina a Pisa al laboratorio del motoneurone. Attesa stremante. Siciliano sta sperimentando un farmaco alla curcuma.

Bellissimo il pranzo al sole dato da Laura a Valgiano. C'erano Gianna con Penelope, Tristano, Marcello, Oliva, Massimo, Giovanna, Nicola e Margherita, Emy. Elisa ha cucinato pappardelle al ragù di coniglio, con la farina del grano di Valgiano, poi dei meravigliosi branzini sotto sale con carciofi e insalata di finocchi e arance, e capocchini, e del pane meraviglioso, e il sorbetto di pompelmo rosa arrivato con la candelina. Il più bel compleanno della mia vita.

Allo hospice di Careggi, dal dottor Morino. Un signore alto, con neri baffi spessi, di straordinaria gentilezza, mi riceve nel salottino, insieme a una giovane infermiera simpatica. Mi spiega che nessuno può costringere un paziente a sottoporsi a pratiche che non vuole, che il testamento biologico così com'è, comunque privo di valore legale, è utile per mettersi al riparo in caso di incidente inaspettato, mentre nel caso di una malattia lenta come la mia serve piuttosto prepararsi passo passo insieme al proprio medico. Mi ha detto che per le emergenze lo posso chiamare. Torno rassicurata da questo incontro. Mi sento protetta. L'importante è non finire in mano a qualche cretino al pronto soccorso.

Sto leggendo *Facing the Sun*, di Irvin D. Yalom. Racconta della rimozione, nei pazienti, dell'ansia di base, quella della morte. L'ansia non è (tutta) sessualità repressa, è anche, soprattutto forse, terrore della morte. Mi tornano allora in mente fatti rimasti senza spiegazione. Quel sogno a Londra tanti anni fa, per esempio, un incubo da cui mi ero svegliata atterrita nel cuore della notte, in cui imploravo: non sono ancora pronta a saperlo! E mi svegliavo. All'epoca avevo immaginato fosse qualcosa di terribile accaduto nel passato. Mi sbagliavo. Era qualcosa che mi spaventava del futuro: la morte, la malattia, la vecchiaia, che imploravo di rimandare, a cui non mi sentivo ancora pronta. Adesso mi chiedo quanto del nostro rimuginare sul passato non sia uno stratagemma per rimuovere il futuro: dopotutto, non importa quali orrori possano esserci stati, da quelli abbiamo la certezza di essere usciti vivi.

Sembra tutto così chiaro, ora che sto leggendo Yalom. Il sogno, anni fa, in cui ero chiusa in un'astronave come la cagnolina Laika, lontano da terra, disperatamente isolata, l'immenso dolore di trovarmi così sigillata, separata dal mondo: era la paura di morire, di venire sepolta, separata da tutto. Quel mio perenne mutare di rotta: un tentativo di depistare la morte, come quei nuotatori che, mi raccontava la signorina Rudan quando da piccola prendevo da lei lezioni di tedesco, sfuggivano agli squali nuotando a zig-zag. Il sogno in cui mi guardavo allo specchio e scoprivo di colpo di essere diventata una vecchia. Il sogno ricorrente, da giovane, di volare mentre qualcuno, dal basso, cercava di tirarmi giù. I sogni, ricorrenti anche quelli, in cui entravo in un edificio e, cercando di uscirne, mi trovavo invece in stanze sempre più strette, sempre più intrappolata... Com'è che tutto questo non è mai stato chiamato col suo nome, paura della morte? Com'è che avevo sempre creduto di non averne paura? E che la mia riluttanza a concludere questo libro, sia anche questa paura di morire?

Biologica, la paura di morire – installata dentro di noi (forse perché, se questa paura non ci fosse, prevarrebbe la pigrizia e non ci daremmo tanto da fare per tenerci in vita?)

Forse, quando si tratta di morire, il giardiniere non è più giardiniere. Lo scrittore non è più scrittore. Forse, quando si tratta di morire, arriva la consapevolezza del proprio essere indefiniti. Quell'essere indefiniti che, meditando, si impara ad accettare. Indefinito, immerso nell'infinito, parte dell'infinito. Com'era? La goccia che torna a unirsi all'oceano? Una goccia tanto restia a perdere il suo involucro. Forse era a proposito di tutto questo che nel 1819 Leopardi scriveva:

Sempre caro mi fu quest'ermo colle,
E questa siepe, che da tanta parte
Dell'ultimo orizzonte il guardo esclude.
Ma sedendo e mirando, interminati
Spazi di là da quella, e sovrumani
Silenzi, e profondissima quiete
Io nel pensier mi fingo; ove per poco
Il cor non si spaura. E come il vento
Odo stormir tra queste piante, io quello
Infinito silenzio a questa voce
Vo comparando: e mi sovvien l'eterno,
E le morte stagioni, e la presente
E viva, e il suon di lei. Così tra questa
Immensità s'annega il pensier mio:
E il naufragar m'è dolce in questo mare.

C'è altro da dire? La paura della morte è un dispositivo come un altro, lo sconvolgimento che ne deriva non è nella sostanza diverso dalle tempeste ormonali che squassano l'adolescenza. È cosa fisiologica, del corpo. Si tiene a bada con un ansiolitico.

Non credo che andrò oltre con questo diario. Le cose da fare ora sono pratiche: mettere in ordine, le ultime disposizioni. Quanto al giardino: semplicemente, il luogo ove contemplare l'addio sarà forse più dolce. Traendo forza dall'avere imparato ad amare, in questi anni, la vita che mi circonda.

Dopo mangiato Giulio mi ha chiesto: tutto bene, signora? Piangeva? No, non piangevo, ma lui ha colto il mio turbamento, la mia infelicità. Mi sono messa le scarpe, ho impugnato il deambulatore, sono andata in giardino. Camminare è sempre più difficile. Ma anche solo guardare il giardino in questa giornata calda di primavera è stato bellissimo, allora ho capito: qui mi fermo. Quello che ho davanti è l'attimo per attimo. Uscire infine dallo svolgimento narrativo.

Ringrazio, prima di addormentarmi, della vita che ho avuto, io che venivo dal nulla. Dal non essere, eppure ho potuto vedere e conoscere tutto questo.

Lia mi scrive: ho perso parecchie forze, con i miei settantadue anni, rinuncerò a un grande orto. Solo insalate e fiori. Gli orizzonti rimpiccioliscono. Le rispondo: Vero! Ma anche così, pensa che dopotutto siamo arrivate dal nulla, ed è stato lo stesso un miracolo potersi affacciare sul mondo, almeno per un poco.

Ieri a cena David si è messo a piangere all'idea che morirò. Mi ha detto che aveva paura, per questo, a venire a trovarmi da solo. Mi ha poi parlato del suo sentirsi cristiano. Christian atheist? gli chiedo. Sì, mi risponde, nel dire credente c'è troppa intenzionalità. Pensiero profondo. Riguarda anche l'arte, lo scrivere. L'intenzione è pretenziosa, l'intenzione è non sapere andare oltre il proprio io. Mi è parso più bello ieri mentre ne parlavamo. Ora sono stanca dopo una notte maldormita e un risveglio nell'atmosfera umida.

193

Chiedo a Giulio di spingermi fino in fondo al giardino. Sapevo che era fiorito il *Viburnum davidii* perché me ne aveva colto un mazzetto. Strada facendo, vedo i tulipani botanici rosa col cuore giallo in fiore. Forse li vedrò una sola volta, per questa stagione. Mi sovvengo allora di quando passeggiavo per il giardino una, due, innumerevoli volte al giorno, seguendone l'evoluzione momento per momento. Adesso è quasi come andare ai giardini pubblici. Il giardino è sempre meno mio.

Parlo al telefono con Vera. Mentre le descrivo le mie giornate limitatissime di adesso (niente auto, nessuna possibilità di uscire da sola) provo un moto di vergogna: di essermi adattata a una vita tanto misera. Come se fosse colpa mia essermi ridotta così. Quasi lo avessi fatto apposta, e adesso mi rimproverassi: che cattiva idea arrivare fin qui.

Forse in questa vergogna troverò la spinta a guarire?

Sarà per il fracasso dei muri abbattuti dai muratori per rifare il bagno, del trapano, dei compressori, ma sono a pezzi. E continuo a provare sempre più intensa la vergogna di essere caduta tanto in basso, di non potere godere la bellezza del movimento. Oggi, mentre Francesca mi riaccompagnava dopo avermi accolta a casa sua come una rifugiata, Lucca, in quella luce morbida del crepuscolo, mi pareva così insopportabilmente bella. Sono stanca di stare sempre qui, in casa.

Ieri sera da Ingrid. David leggeva dal suo diario di Grecia con Nikos. David e Ingrid andranno insieme in

Sicilia. Ho provato invidia. Ma soprattutto disperazione, pensando a come nessuna delle cose che non posso più fare mi pareva tanto importante finché accessibile. E poi c'era quel meccanismo irrisorio-difensivo: cosa viaggiano a fare, che poi tornano uguali? E c'era quell'idea ecologico-rigorista della non-azione: prima di fare qualsiasi cosa, chiedersi: e se provassi a non farlo? Pota che ti pota, alla fine le cose di cui ho imparato a fare a meno sono sempre di più. Pota che ti pota, adesso nemmeno cammino. E vengo presa dal dolore di vedermi negate tutte quelle piccole cose, quei dettagli incantevoli. Ascoltando David, mi tornavano in mente scorci di luoghi visti, il bazar di Patmos con i pistacchi e le papuzie – le espadrillas greche di cuoio scamosciato – il GUM di Mosca, chissà perché, gli Stagni dei Patriarchi, il Rondinaio, la piccola casa di Tereglio dove non potrò più andare, il nero lucido delle olive greche contro il bianco denso dello yogurt, con il filo dorato dell'olio, e mi ha colto voglia di queste cose cui prima non badavo. Che disdegnavo quasi, in quella che adesso mi pare una folle superbia, l'incapacità di apprezzare semplicemente quello che avevo, sempre sminuito rispetto a quanto mancava. Avere saputo dire semplicemente di sì, agli inviti ricevuti. Invece no, ogni volta anziché l'opportunità e la gioia coglievo l'insensatezza. Inconsapevole discepola di mio padre che mi ha instillato la vanità del tutto, l'inevitabilità della morte, la frivolezza del cercare i piaceri, l'inutilità del viaggiare, ad anteporre la cupezza alla semplicità. E tutto questo mi pareva tanto intelligente, fare a meno di quanto rallegra la vita mi faceva sentire talmente superiore.

Questa mia disperazione è solo avidità retrospettiva. Ieri sera mi sono lasciata andare all'identificazione con questo sentimento. È un veleno, l'attaccamento. Ora che sto morendo, i veleni si scatenano: poverini, è la loro ultima occasione. E io devo adesso più che mai imparare a dire, come i monaci buddhisti di fronte al male: Māra, ti ho visto. Devo fare attenzione a non diventare uno spettro famelico.

Continuo tuttavia a sentirmi confusa. Forse questo stato di insoddisfazione è semplicemente nella natura delle cose. Mi chiedo come sono arrivata dove sono. Perché era da anni che pensavo alla morte. Ma non ho tenuto un diario – o meglio, li ho periodicamente distrutti – e adesso non saprei dire quando e come è accaduto, che a un certo punto ho cominciato a credere di dovere passare il resto della mia vita a pregare, nel senso di meditare, prepararmi alla fine. Con questa idea fissa di dovere arrivare preparata al momento della morte, e che questa fosse la cosa più importante. Così occupata dal pensiero della morte, mi sono dimenticata di vivere.

E la meditazione in tutto questo? L'estinzione, cos'è? Superare l'attaccamento, cos'è? Ma credevo, credevo di avere trovato la pace in giardino, coltivando, lavorando la terra momento per momento.

E adesso che non posso più fare nulla di tutto questo, che sono stata espulsa dal giardino, che posso solo guardarlo da dentro casa, dalla loggia, dalla finestra, o per quei pochi tratti che riesco a fare fuori, quando Giulio mi spinge sulla carrozzina? Adesso che mi è stato tolto il farmaco che mi aveva permesso di smorzare lo sgomento di vivere? Adesso che non posso più vivere come avevo progettato, lavorando nell'orto e in giardino? Adesso che *ora et labora* non è più possibile, cosa resta? Cos'altro ancora bisogna inventare, ora che quella roccaforte è crollata? A quali risorse attingere?

Giornata splendida, bavette al pesto di finocchietto selvatico, sformato di bietoline e borragine, con David e Massimo appena arrivato dal Brasile dove ha fatto un viaggio bellissimo, entusiasta dei brasiliani e della loro allegria. Racconto a David della mia disperazione, della sensazione di avere avuto idee sbagliate. Lui mi dice certo, anche Tommaso d'Aquino, alla fine della vita, ebbe la sensazione che le sue idee fossero paglia, null'altro che paglia. L'approssimarsi della fine è il collasso di tutto quello in cui si era creduto, il momento del dubbio. Le idee si rivelano per quello che sono, un appiglio, una difesa. Anche con Massimo, prima che arrivasse David, avevo parlato di questo. Di quell'impostazione sbagliata, un po' da accademici, di questo culto del rigore, della profondità, di questo atteggiamento diffidente di sprezzo. Di questo eccesso di spirito critico che distrugge la vitalità, l'entusiasmo. Ma, cosa sto a soffermarmi su questo, ne ha già detto Leopardi, di come la ragione distrugge tutto. Solo che non mi ero resa conto fino a ora di essere talmente corrosa da quella razionalità e da quel culto dell'intelligenza appreso in casa.

Ma forse non ci sono alternative, nell'incombere della fine qualsiasi idea si sarebbe rivelata sbagliata. Nessuna idea avrebbe potuto rivelarsi immune alla disgregazione.

Allora bisogna soltanto starsene in pace, e non rinnegare nulla, e rallegrarsi di avere imparato quel poco. Anche quel poco aiuta. La meditazione aiuta, sapere fare spazio aiuta, trovare un angolo di riposo nel mezzo della tempesta aiuta. Anche nell'incubo di questa notte. Mi sveglio. Ma anche in quell'incubo, credo, sono riuscita a mantenere un senso di calma.

Comunque non è stato un errore restare in questa casa: il giardino è bello, gli amici vengono volentieri a trovarmi.

In realtà il buddhismo mi è di aiuto, credo sia un rifugio in questo collasso. Non va confuso con l'ossessione di mio padre per la morte, la sua irrisione della semplice, spontanea gioia di vivere.

Il Buddha si sveglia a partire dall'incontro con morte, malattia, vecchiaia. Non le perde di vista. Ma nemmeno coltiva un lugubre attaccamento all'idea della fine.

È finalmente arrivata la carrozzina elettronica (ma io mi diverto a chiamarla sedia elettrica). Posso, almeno da spettatrice, tornare a godermi il giardino. Ho un margine di autonomia. Osservo indisturbata, nel silenzio.

Il susino in fiore, completamente bianco, sembra una nuvola di panna montata. Mi perdo nella contemplazione: non fotografo, non telefono, e mentre la mente, incorreggibile, scalpita e si chiede come tradurre tutto questo in parole, cerco di non figurarmi come lo racconterò. Le api entrano ed escono da questa chioma arborea composta di soli petali. Sul finire dell'inverno è sempre il mandorlo il primo a fiorire, adesso è il momento del susino. I meli – non ancora; i ciliegi – non ancora. Non sboccia tutto insieme, così ciascuno si gode il suo momento di gloria, ognuno a turno può esercitare la massima attrattiva, conquistare l'attenzione indivisa di api e bombi. Mi piacerebbe facessero così anche gli umani, che si accontentassero di primeggiare nel momento del loro massimo fulgore e accettassero poi di restarsene discretamente in disparte, come dei comprimari, senza accanirsi in tinture di capelli, cosmetici, chirurgie plastiche, botulino, silicone e altri squallori del genere.

In giardino gli ultimi tulipani botanici, giallo rosato, nell'orto quelli doppi e stradoppi presi alle Clifton nurseries. Saranno presto in fiore anche i ciliegi. Il campo è oro di ranuncoli e rosa di manine di Gesù.

A primavera la vita è spingere. I bulbi da sottoterra spingono per uscire alla luce del sole. Le gemme premono, escono dalla corteccia che si ammorbidisce per permettere loro di farsi strada, di trapassarle, di aprirsi. Le gemme spingono, spingono, disserrano le prime scaglie. Sul frassino somigliano a pugni rappresi che poi si allungano, si distendono in grappoli di fiori. Sul gelso sono tante piccole more verdi che forse si apriranno poi in piccoli fiori. Questa è la primavera, è la vita.

Lasciare le idee, le «proprie» idee, toccarne l'impermanenza, non è diverso dal lasciare andare tutto il resto. I piedi. Il movimento delle gambe. La biblioteca non più praticabile. Ogni cosa.

Nottata di tuoni e fulmini, la mattina presto scrosci a non finire. Un vento forte spinge via nubi ormai leggere. Si affaccia un azzurro timido ma fresco; il sole lo carica d'energia, l'addensa in toni da smalto di Limoges. È una giornata inquieta ma splendida. Me ne vado col mio nuovo mezzo, finalmente autonoma, verso il limite del podere, oltre il bosco. Quell'ultimo campicello, diversamente dal resto del giardino dove lascio fare il più possibile alla natura, mi piace sia tenuto bene, predisponendo lo stupore di una misteriosa isola nitida tra i marosi del selvatico. L'ordine in quella zona lontana è un modo di segnalare il confine, l'equivalente delle barriere olfattive tracciate dagli animali. Aleggia un tocco di magia in quell'angolo che nessuno frequenta, su cui nulla si affaccia, cui da fuori si accede affrontando a proprio rischio e pericolo strappabrache e rovi. Dando le spalle al pioppo balsamico, mi fermo a guardare il cielo smosso dalle nuvole del bel tempo, di un bianco fioccoso, con rotondità da zucchero filato, oltre la siepe cresciuta altissima di rosa eglantina in fiore. Eglantina: dal francese antico *aiglent*, pungente, a sua volta dal latino *aculentus*, spinoso. Lo *sweetbriar* degli inglesi. Cespuglio ispido però addolcito dall'aroma di mela delle foglioline: quanto è buono! È piccolo, quest'ultimo campo sovrastato dallo scuro dei pini, ma accoglie come vi abitasse una sorta di *genius loci*, esserino incorporeo che sa fare a meno di un tetto ma certo patirebbe senza la compagnia di creature vegetali e animali, di quei fruscii e aliti leggeri che danno la sensazione di ascoltare il respiro del silenzio. Ne avverto la presenza: arrivare fin qui è un po' come recarsi a fargli visita. L'erba rasa disegna un contorno allo spazio, delinea *Gallica officinalis* con quei petali di un cremisi intenso, la rugosa dal grande fiore bianco semplice. Non mi parrebbe strano udire, come in *La Bella e la Bestia*, una voce che interroga: chi annusa le mie rose? Chi coglie i miei frutti? Il viandante che scenda dal sentiero infrascato, approdato al campicello non potrà non interrogarsi di fronte alle siepi di ribes rosso, ai lamponi maturi sotto il castagno, ai tanti indizi di umana premura. Forse per recintare non è obbligatorio servirsi di pali e reti, di staccionate o fossati, credo basti la traccia di una presenza.

I petali bianchi del susino cominciano a venire portati via dal vento. Hanno attirato le api bottinatrici, adesso se ne possono volare via, lasciare spazio ai frutti. A primavera la vita è anche aprirsi, ammorbidirsi, diventare teneri.

È la paura che porta a giudicare sbagliate le idee del passato. La paura che induce a chiedersi se avrebbe potuto esserci un'altra strada, quella giusta, che non portasse qui. Qui dove si viene spogliati di ogni cosa, qui dove la strada si interrompe. Questo è perché quello è stato. Sarebbe stato forse possibile non arrivare fin qui? O ci sarei comunque arrivata per una via diversa? Come saperlo.

Il vento è disegnato dai petali del susino che cadono leggeri.

Non ha senso rimpiangere ora vie non percorse. Tormentarsi immaginando che la vita avrebbe potuto essere più ricca. Avevo questa idea: vivere la pace e la serenità emancipandomi dal volere sempre di più, dal bramare ogni cosa. Era un ideale di frugalità, di opposizione all'avidità dominante. Desideravo un mondo meno lacerato da conflitti, ove si imparasse a sentirsi felici di quanto si ha, assaporarlo, apprezzarlo. Questa continua a sembrarmi un'aspirazione degna. Se vacilla, è perché di fronte alla paura, alla palpabilità di un imminente non esserci più, l'anima è aggredita da fantasmi, tentazioni, dubbi. La dissoluzione coinvolge, oltre al corpo, il pensiero e la fede e la forza d'animo. Fortuna che un poco almeno ho avuto la disciplina di meditare, fortuna che un poco almeno sono andata contro la corrente: perché così, pur nella tempesta, pur nel collasso delle energie, non è escluso possa trovare un punto, non importa quanto minuscolo, di appoggio. Suppongo capiti, nel rendersi conto di tutto quello che non si potrà sperimentare mai più, di chiedersi se non c'era qualcosa di sbagliato. Mentre me lo chiedo, tuttavia, vedo anche svaporare la forza dell'attrattiva di quello che non c'è stato. Come mai non l'ho voluto, forse temevo che impressioni più forti avrebbero sbiadito, nel confronto, la gioia sommessa del restarsene assorta nel frammento di creato in cui ero immersa? Non c'è risposta. Quando stavo bene e mi proponevano viaggi estranei a quanto andavo in quel momento vivendo, reagivo con orrore all'idea di sradicarmi, di lasciarmi sballottare in spettacoli di cui mi sfuggiva il senso. Sarebbe stato più semplice, forse, accettare. Ma non era nel mio carattere, dire semplicemente di sì, aprirmi all'opportunità imprevista. Non c'è risposta, non c'è risposta. Solo questa, forse: dimorare per quanto possibile tranquilla nella contemplazione di quanto perturba la mente, attenuare per quanto possibile l'identificazione con simili pensieri tormentosi, proseguire lungo la via già intrapresa. Accettare il qui e ora, e questo significa: non sprecare energie nell'anelito vano di mutare ciò che è stato, sperarlo diverso. Abbracciando per quanto possibile con tenerezza quest'anima tremebonda che teme di avere sbagliato tutto.

Il susino è sfiorito. Chioma verde di foglioline giovani. Nessuno adesso potrebbe sospettare la bellezza mozzafiato di prima. Così per tante donne vecchie che per pochi giorni soltanto sono state belle.

Mi aggiro per il giardino in uno stato di beatitudine venato dal dispiacere che Vera, ancora una volta, non sia con me a vedere tutto questo. Vera, la mia amatissima Vera, riesce sempre a venire quando piove oppure quando il giardino sprofonda nel letargo estivo.

Leggo il brano nella biografia di Tommaso d'Aquino prestatami da David: sì, gli è parso che ogni sua idea fosse paglia, ma solo rispetto alla visione sublime precedente alla morte, quando tutta l'impalcatura del pensiero è stata di colpo archiviata di fronte a qualcosa di più vivido ma forse indicibile e non sistematizzabile, qualcosa oltre il meramente umano, qualcosa di mistico, di esperienziale. No, non ha senso rinnegare ciò che è stato. E mi rendo conto che, di fronte alla malattia mortale, la tentazione – come di chi si trovi nel deserto, luogo difatti alle tentazioni deputato – è proprio quella di darne la colpa alla strada che lì ci ha portati. Forse, raggiunto il deserto della malattia, cui probabilmente porta quasi ogni strada, rinnegare il cammino percorso arriva spontaneo ma fallace.

Chissà, chissà. Credo esistano vite esemplari, cammini

conclusi senza passare attraverso la malattia. Ma questo non prova nulla. E mi rendo conto di quanto sia insensato rimproverarsi adesso le occasioni non colte. Ho fatto quello che volevo. Perché mai tormentarsi giudicando retrospettivamente attraente ciò di cui non avevo avuto, allora, nessunissima voglia?

Vorrei non perdere nemmeno un attimo di questo periodo di grazia. Sto fuori più che posso, e pazienza se non lavoro tanto. I fiori dell'erba mi commuovono. Cosa dirne, come dirlo? Tutti insieme, così leggeri e aerei, nemmeno sembrano fiori. Visti da vicino sono di una grazia indicibile. Nella luce radente del sole che sta per nascondersi dietro il monte mi fermo felice a guardare, semplicemente guardare il campo di erba fiorita smosso appena dal vento. È tutto di una bellezza, una grazia, un'armonia, che mi sorprendo a desiderare di vedere un'altra primavera ancora, e a pensare: che strano che adesso che ne dubito, che non lo do per scontato, il mondo mi appaia incredibilmente ricco di meraviglie. Mi chiedo perché solo adesso me ne accorgo, adesso che sono vecchia, adesso che me ne vado, adesso forse che la tirannia del gene egoista si è placata lasciando spazio alla contemplazione, togliendo il pungolo che portava a sentirsi infelici solo perché mancavano le circostanze adatte al riprodursi – al perpetuare cioè gli interessi del gene egoista. Adesso che tutto questo è alle spalle, che tutto questo è impossibile, resta solo il mondo. Quella parte di mondo, di natura, che è fonte di gioia purissima, disinteressata credo, o forse fine a se stessa, non asservita al criterio di utile, di riproduzione, del cosiddetto amore, dell'accoppiarsi, della compagnia, di avere chi ci capisce al fianco. Adesso è tutto soltanto pura bellezza. Noto per la prima volta il nerofumo, un nero quasi assoluto raro in natura, delle gemme ancora chiuse del frassino, noto il verde lucido delle susine non ancora gialle, piccole, serrate. Vedo un'infinità di particolari che danno gioia e insieme ispirano quasi sgomento, di fronte a tanta bellezza, ma anche pace guardando questa *Rosa laevigata* ancora una volta sbocciata in tutto il suo splendore. Guardo i fiori di questa primavera e nulla ricordo di quelli delle stagioni passate.

Leggo in Gottlieb Zornberg che Giacobbe è stato il primo a volere una morte consapevole – una morte lenta per poter dare disposizioni. Prima, nella Bibbia, erano morti tutti all'improvviso. Giacobbe chiede la malattia, di avere un lasso di tempo in cui prepararsi.

Certe rose non sono più alla mia portata. Di Madame Alfred Carrière scorgo da lontano i tondi fiori bianchicci sbocciati in cima al susino dentro cui si è arrampicata. La Hume's Blush la scorgo dalla terrazza dietro casa ma non l'ho più a tiro di naso. La sfumatura di crema al limone dei suoi petali mi aiuta a ricordarne la fragranza.

José Saramago, nel discorso per il Nobel, ricorda l'uomo più saggio da lui mai conosciuto – era il nonno materno, non sapeva né leggere né scrivere. Presentendo che non sarebbe tornato dal viaggio che da Azinhaga lo avrebbe portato in un ospedale di Lisbona, si congedò dagli alberi del suo giardino, a uno a uno, abbracciandoli in lacrime. Quanto alla nonna materna, ebbe a dire: Il mondo è tanto bello, che peccato dover morire.

E così lo splendore di queste settimane sontuose di fioriture sta per finire. Giorni di pura contemplazione e quel senso di beatitudine, di stupore, che coglie di fronte alla perfezione. È iniziato con l'aria fragrante della *Clematis armandii* e del *Viburnum davidii*. È continuato con il bianco e il giallo delle Banksia, le ricottine che virano dal verde acido al bianco. Poi l'azzurro violetto dell'*Iris pallida dalmatica* sul verde giovane dell'erba fresca. Ora la profusione di rose Lijang sul sorbo ucciso dal loro abbraccio, da tutte quelle corolle cenciose appese a rami sottili e flessuosi, stami che guardano verso il basso, a testa in giù.

Sono stata lontana da queste pagine per molto tempo – spaventata dalla proposta di pubblicare già questo autunno. Non sono pronta, il libro non è pronto. Nell'introduzione alla riduzione teatrale di *Anna Karenina*, che mi ha regalato ieri sera quando è venuto a cena, Emanuele Trevi scrive di Giuseppe Bertolucci: «Con la sua grande signorilità, che non era un atteggiamento ma una parte della sua natura come lo sono il peso o il colore degli occhi, accennava poco sia alla malattia che alle sue conseguenze… E cosa dovrebbe fare una persona consapevole di essere vicina al capolinea? Cambiare abitudini? Ritirarsi in un monastero? Cercare quel senso ultimo di tutto che anche se esistesse non siamo in grado di vedere – e comunque non esiste? Io credo che la massima nobiltà umana consista nel massimo grado possibile di indifferenza alla morte, che dovrebbe sempre essere trattata come una scocciatrice che arriva alle spalle, mentre siamo ancora impegnati in qualcosa di molto più interessante».

La cosa più bella del giardino questa primavera è il glicine che se ne sta in piedi per conto suo, tutto solo. È visione di pura bellezza, questo che da lontano mi pare chissà perché un fantasma di glicine, con quell'azzurro violaceo dalla fresca tonalità di lavanda contro l'erba smeraldina, un accostamento che ricorda l'*Iris pallida dalmatica* contro le foglie giovani dei polloni di tiglio. Questa meraviglia non è nemmeno frutto di un disegno intenzionale. L'ho seminato io quel glicine, non so più quanti anni fa, dopo che ero stata a trovare vicino ad Assisi Sri Satyananda, il maestro indiano. Avevo staccato alcuni baccelli dalla pergola che dall'ashram portava alla cappella di San Francesco. La piantina avevo pensato di farla arrampicare su un vecchio salice dal tronco cavo che era poi seccato. Che fare? Avevo appoggiato il glicine ancora imberbe a una canna, lo avevo poi tenuto basso in modo che, aumentando di volume il tronco, potesse reggersi in piedi da solo. A lungo avevo guardato con un certo disappunto questa pianta ornamentale che lì, tra frutteto e oliveto, pareva quanto mai inopportuna. Finché quest'anno, forse perché ha raggiunto una sua pienezza di forme, l'ho visto con altri occhi, fino ad accorgermi che aveva molto più fascino, e soprattutto naturalezza, dei quattro glicini della pergola, che compongono sì un riparo stupendo, con quella tessitura di rosa di azzurro e di bianco, sono sì incantevoli con quei grappoli fioriti e fragranti che pendono simili a lanterne cinesi, ma come piante sono prive di fascino, svilite da questo loro reggersi su dei pali/stampelle per svolgere una funzione in primo luogo scrvile. Mentre il glicine che se ne sta fiorito, solitario e libero a guardare il frutteto senza però dare frutto, ronzante di neri bombi e di api, è lì solo per farsi ammirare, infondere meraviglia.

Pioggia. Non mi pare di avere mai preso nota dell'umido, dei giorni che non si può uscire, i giorni dell'attesa. Giorni di tensione quando il cielo è coperto e le nubi sono incerte se sciogliersi; di dolcezza invece quando le nubi si svuotano, e gocciando giù a terra promettono tra mille lacrime che non lo faranno più, di nascondere l'azzurro del cielo.

Non so perché ma questa stagione sono particolarmente incuriosita dalle cose nel loro non esserci ancora, nella loro infanzia. Spio i glicini sfioriti e individuo con gioia i futuri baccelli dei semi, ancora piccoli come curvi granelli di riso, di un tenero verde ricoperto di peluria; sul noce, a coppie, i minuscoli otri delle noci a venire, sormontati da una sorta di pennacchio; le ciliegine verde lucido meno grandi dei noccioli che rinchiuderanno da rosse e mature; le mele cotogne in miniatura, grandi come albicocche e già perfettamente formate; i granelli verde scuro di quelle che saranno le bacche blu dell'amelanchier, più saporite dei mirtilli cui tanto somigliano. Quasi che osservare il piccolo pronto a svilupparsi nell'adulto potesse esorcizzare ulteriori e su di me incombenti metamorfosi.

Avevo scritto a Vera: quando verrai non ci sarà più nulla ormai, solo *silly roses*, sciocche rose. Adesso che cominciano a fiorire, sono una gioia, un incanto quei tralci di spampanati petali rosei che si inarcano e si tuffano nell'erba alta. Questo non toglie che sciocche restano. Hanno la grazia di certe ragazze fresche e attraenti solo in una precisa stagione della giovinezza, per il resto dell'anno, con eccezioni da contarsi sulle dita di una mano, sono piante banali se non addirittura sgraziate. La loro è quella che mia nonna chiamava bellezza dell'asino. Pur sempre bellezza.

Sul melograno i segni del passaggio della *Rosa pera* – così mi sono divertita a battezzare questo che suppongo un ibrido spontaneo tra altre due del giardino, la «Goldfinch» e la *Rosa primula*. Una decina di giorni fa ero rimasta incantata dall'arco di un giallo chiarissimo quasi bianco, «balinese», disegnato dentro la siepe di melograni da questa rosellina nata di sua iniziativa lì dietro e poi da lì affacciatasi, insinuandosi tra le frasche del melograno, inoltrandosi nella penombra verso una luce ulteriore, fermatasi infine semplicemente a fiorire, a tappezzare, ricamare di petali, senza sfondare, senza spingersi oltre il mosaico di foglioline chiare del melograno, senza stonare insomma, a disegnare il più aggraziato degli archi. Con le loro grandi foglie verde scuro, lucide, a volute, gli acanti facevano anche loro un bel contrasto. Adesso le roselline stanno appassendo, è come venissero risucchiate dentro la siepe, e a me pare di assistere a una scomparsa, al mistero del loro stare per non lasciare più traccia alcuna di sé.

Una zanzara tigre si posa sul mio piede. Non sono in grado di cacciarla via. Non posso scappare. Come una pianta.

Mi sento una sorta di re Mida. Stanno maturando le cilicgic, irraggiungibili salvo quelle ad altezza di carrozzina. Abbasso la frasca e anziché staccarle – non ne ho la forza – le metto in bocca. Le fragoline di bosco non le posso cogliere; le vedo occhieggianti tra le foglie, rosse al punto giusto di maturazione. Solo dal gelso pendulo qualche mora riesco ancora a prenderla. Delle rose ricordo il profumo aiutata dalla fragranza che si spande a tratti nell'aria: impossibile immergerci il naso.

Giorni fa mi sveglio pensando ai secondi fini. Alle azioni motivate da secondi fini, che portano tutte al male. Ora rileggo Richard Gombrich sul pensiero del Buddha e ricordo che karma è intenzione. Tutto è intenzione. Il secondo fine offusca l'intenzione originaria e la rende falsa. Purezza è non conoscere altro che fini. Ignorare cosa sia il secondo fine. Il secondo fine è sempre uno scandalo.

Continuo con Richard Gombrich. Il buddhismo nasce in un contesto in cui si aspira alla liberazione dal ciclo delle nascite e delle morti. Il Buddha vuole risolvere il problema della nascita e della morte. Nella stessa epoca, Socrate afferma che gli uomini sono tutti mortali, soggetti quindi a nascita e morte. Il buddhismo è forse generato dal non volersi rassegnare a ciò?

In questi giorni il caldo è un assedio. Mi ritrovo a spiare fuori, sospirando come una prigioniera la libera uscita. Che arriva quando le ombre si allungano. Soltanto allora ardisco spingermi all'aperto: nel frutteto dove meline verdognole e pelosette promettono un buon raccolto autunnale, nell'oliveto biondo di fieno alto, ceruleo di cicorie. Raggiungo la pergola nuova, ombreggiata da una *Clematis armandii* che, nata com'è nel ghiaino ai piedi della prima, importata non saprei quanti anni fa da un vivaio ormai scomparso, potrei definire, se non proprio autoctona, quanto meno indigena. Fermo la carrozzina al riparo delle sue foglie oblunghe e coriacee, mando indietro lo schienale a mo' di sdraio, alzo la pedana. Lo sguardo riposa sulle colline orientali, sul cielo addolcito dal chiarore che precede il tramonto. Cullata dal ronzio nel silenzio dei campi – un ultimo frinire di cicale, un trillare d'uccelli, un frullo d'ali, il rombo lontano di un elicottero, il ronzio d'un calabrone, un fruscio fulmineo nell'erba – mi assopisco. Mi riscuote l'arrivo degli amici. Faccio apparecchiare fuori, con le lanterne a spargere un po' di chiarore. Nella notte tiepida il giardino affiora dal buio, invitante, i cespugli mere sagome quale cupa, quale ariosa. La concretezza diurna – colori certi, netti contorni – si stempera in ombrosa vaghezza. Accenniamo una conversazione, però distratta. Si direbbe che non abbiamo voglia d'altro se non assaporare la tregua dal sole cocente, restarcene assorti nell'ascolto del pulviscolo di rumori in cui siamo immersi. La quiete della campagna si dispiega come uno sterminato foglio di musica. Ondate di suoni – il gracidar delle rane, il pizzicato ogni tanto di un grillo, il tonfo forse di un rospo a caccia di chiocciole, il frullo d'ali d'un rapace notturno, non saprei dire quale. Un suono a metà tra il grido e lo squittio, parrebbe dal bosco. Indizi di drammi arrivano con un sapore di pace, suoni simili ai tratti a matita di uno schizzo incompiuto, mentre noi stessi ci sentiamo sfumare, assorbiti dal più vasto respiro del giardino addormentato.

Agli sgoccioli. Ormai debbo farmi aiutare ogni volta che vado in bagno. Domani partenza per l'Elba. Ho perso il filo di me stessa. Chissà che tasto ho premuto, senza volere, ma la sensazione è che il computer si sia accorto della mia difficoltà a battere a macchina: mi ha chiesto se voglio abilitare la dettatura.

Venire in vacanza è uscire dal guscio protettivo della casa, dalle pietose bugie, rendersi conto di avere accettato una possibilità del tutto artificiale di esistere. A Piombino, il garagista napoletano risponde così, al mio «sono disabile»: «E io che c'entro?» Ha sostanzialmente ragione. Qui, all'Elba, ogni mia funzione fisiologica richiede aiuto. Passaggio dall'ideale di un ritorno alla natura alla realtà di una vita sostenuta in modo sempre più innaturale.

Il vero pericolo di questa malattia, di ogni malattia forse, è restare imprigionati nella gabbia del proprio egoismo. Sono qui da due giorni, mi accorgo di non avere mai pensato al fatto che il padre di Louise è morto da poco più di una settimana. Ne avevamo parlato a lungo al telefono, quando nel guscio protettivo della mia casa potevo permettermi il lusso di non pensare solo a me stessa, mentre qui non ho fatto altro che sentirmi assillata da nuovi inaspettati problemi, dal mio trovarmi priva di qualsiasi autonomia. La porta del bagno è troppo stretta per la carrozzina e per il deambulatore, devo farmi sollevare da Giulio sotto le ascelle e mettere sulla tazza. La comoda in camera da letto è fatta in un modo che non riesco a usarla da sola, la notte devo chiamare Giulio che dorme nella stanza accanto e farmi aiutare da lui. Tra la cucina e la veranda c'è un gradinetto per me insormontabile – ogni volta che desidero uscire devo chiedere aiuto. È stato poi fatto uno scivolo apposta per me, dalla pendenza però eccessiva: cercando di farlo in salita, mi sarei ribaltata all'indietro se Giulio non mi avesse riacchiappata al volo. Non parliamo poi della spiaggia: vengo presa in braccio e dalla normale carrozzina trasferita sulla carrozzina da mare, che è una sorta di sdraio con due grosse ruote gialle galleggianti. Mi portano sotto l'ombrellone. Man mano che il sole si sposta, qualcuno deve spostare anche me altrimenti, esposta al sole, immobile, in pochi minuti mi sento male. Per entrare in acqua, vengo spinta su quella speciale carrozzina dal sapore di barella – tum tum tum sulla sabbia, alcuni guardano lo strano spettacolo. Vengo poi varata in mare. Che freddo, all'improvviso in acqua il diaframma si blocca, manca il respiro. Si prova allora così, mi bagno poco per volta, solo dopo l'immersione in acqua. Lì, uno shock: non sono più in grado di nuotare stile libero. Non ho più equilibrio in acqua, le gambe sono troppo deboli per tenermi eretta, i piedi non scendono fino alla sabbia, risalgono insieme alle gambe e galleggiano inerti. Riesco a nuotare solo sul dorso. Afflitta da tutte queste scoperte, non provo alcun interesse per i miei amici. Non li sento. Finché mi riscuoto e comincio in cuor mio a pregare di venire liberata da questa cappa terribile di egoismo che mi sta separando dal mondo.

Tornata dall'Elba, mi aggiro con la carrozzina elettronica per quello che consideravo il mio giardino. E che non sono più sicura lo sia ancora, adesso che è finito il corpo a corpo con la terra. Non poto, non mi sporco le mani, non ho le cesoie alla cintola. Col mignolo sinistro non riesco più a battere la lettera a. Non vado più nel bagno da sola e nemmeno mi metto a sedere da sola sulla carrozzina. Se casco per terra e non c'è nessuno ad aiutarmi non mi rialzo. Abito un corpo sempre meno vivo. Smanio per muovermi. Non camminerò mai più. È noioso vivere così. Chi mi aiuta vede di me i piedi da calzare, i pantaloni da tirare su e chiudere. Sto lentamente affogando e nessuno può lanciarmi la ciambella. I giorni si succedono uguali. Non proprio: ciascuno si porta via un poco di forza. Ritroverò la pace in tanta tristezza? O forse sto solo rispecchiando un cielo turbato? Anche il giardino sta scemando: tutto cresce incontrollato, si va perdendo il sia pure sommesso disegno. Unico raggio di sole: verrà a trovarmi Vera.

Vera è appena ripartita per Londra. In quei pochi giorni che siamo state insieme, mi sono sentita tornare a me stessa. Non mi sono mai trovata a pensare che bello che parte. Non avevo nessuna fretta di vederla partire. Vera che da piccola chiudeva gli occhi, si tappava le orecchie dicendo di non capire e forse anche di non voler capire – *ne ponimaju, ne ponimaju!* – non capisco! – quando la nonna Ivy le leggeva in inglese *Great Expectations*. Non le voleva somigliare, voleva essere una contadina come la sua tata. Totale assenza di furbizia in Vera. Quando erano bambine, sua sorella Masha le diceva: Sei scema! Vera credeva di essere ritardata, ma così pensava di se stessa anche Masha. Vera con i suoi jeans e le magliette bucate. Nessuno mi commuove come Vera. Il suo *ne ponimaju* mi è più vicino dell'efficienza delle persone «in gamba». Nel suo *ne ponimaju* trovo me stessa, il mio smarrimento di fronte alla mancanza di cuore, a tutto quanto è impersonale e arido, furbo e spietato. *Ne ponimaju* è rifiuto di un'intelligenza che presume di prescindere dalla bontà, dall'affetto, dall'animalità di Macchia, dal suo calore e dalla sua simpatia.

Ne ponimaju è scelta di un altro capire, sete di un non sapere che è mantenere il cuore vuoto, sgombro dalle cianfrusaglie, colmo di solo amore.

Una sera che eravamo fuori, sedute al tavolo di pietra, e io dicevo che quando scende il crepuscolo vorrei non finisse mai, e poi a notte non vorrei mai dovere rientrare in casa, al chiuso, mai andare a letto, Vera mi ha recitato questi versi di Stevenson:

Bed in Summer *(A letto d'estate)*

In Winter I get up at night
And dress by yellow candle-light.
In summer quite the other way,
I have to go to bed by day.

D'inverno mi alzo la notte,
E mi vesto alla luce gialla della candela.
D'estate è tutto il contrario,
Mi tocca andare a letto di giorno.

I have to go to bed and see
The birds still hopping on the tree,
Or hear the grown-up people's feet
Still going past me in the street.

Mi tocca andare a letto e vedere
Gli uccellini saltellare ancora sull'albero,
Oppure sentire i passi dei grandi
Che se ne vanno ancora per la strada.

And does it not seem hard to you,
When all the sky is clear and blue,
And I should like so much to play,
To have to go to bed by day?

Ma non vi pare brutto,
Col cielo così chiaro e azzurro,
Quando si vorrebbe tanto giocare,
Dovere andare a letto di giorno?

Collana Scrittori

PIA PERA

IL GIARDINO CHE VORREI

«*Il giardino che vorrei* mi sarebbe piaciuto leggerlo all'inizio, quando ho avuto a mia disposizione un podere: ero piena d'amore e d'entusiasmo, ma le mie idee erano quanto mai vaghe. Adesso sarei pronta a ricominciare da capo, non fosse che – nel frattempo – mi sono affezionata al mio, seppure imperfetto, giardino». Così Pia Pera racconta cosa l'ha spinta a scrivere queste pagine: accompagnare chi intraprende l'avventura con la terra considerando nove scenari possibili: acqua, sole, ombra, mare, pianura, collina, montagna, città e orto. A ciascuna evocazione di queste nove "scene primarie" segue un "dietro le quinte" dove si suggerisce come realizzare i nostri desideri botanici: che piante scegliere, come ospitarle al meglio. Sono i consigli e i punti di vista di una scrittrice che trafficando all'aria aperta ha trovato serenità e saggezza, desiderio e appagamento, spiritualità e concretezza. E l'ispirazione più potente per la sua straordinaria e sensuale produzione letteraria.

PONTE ALLE GRAZIE

PIA PERA

APPRENDISTA DI FELICITÀ

Dal 2006 al 2016, Pia Pera ha tenuto una rubrica per *Gardenia*, la più importante rivista italiana sui giardini. Era ospitata nell'ultima pagina e portava il titolo di «Apprendista di felicità»: raccontava incontri, riflessioni, esperienze ed emozioni in giardino. Questa rubrica – seguitissima dai lettori che cominciavano a sfogliare il giornale dal fondo – discendeva dal suo primo libro sul giardino, *L'orto di un perdigiorno*, che aveva dato appunto avvio all'apprendistato di questa ortolana improvvisata: Pia Pera aveva lasciato l'inquietudine della metropoli per rifugiarsi nel podere di famiglia e costruire dal nulla il Suo giardino, coltivare sé stessa, riempire la dispensa di ortaggi e serenità. Dalla fioritura delle rose a Wisława Szymborska, da una potatura ardita a Masanobu Fukuoka, dall'esaltazione dei temporali agostani a Madame de Lafayette, dalle succose more di gelso a Puškin, dai bagni notturni nello stagno a Čechov: la penna di Pia Pera si muove tra botanica e letteratura, la trama e l'ordito della tela alla quale ha lavorato con sapienza in questi dieci anni nel tentativo – sempre riuscito – di connettere fiori foglie frutti al sentire, all'amare, al soffrire. Perché, come diceva, in giardino si incarna «il nostro antico cercare, tra le piante, la vita». Questa raccolta – curata da Emanuela Rosa-Clot, direttrice di *Gardenia* – è il suo frutto tardivo. Un dono per i suoi lettori, per i cercatori di felicità.

PONTE ALLE GRAZIE

Questo libro è stampato col sole

Azienda carbon-free

Fotocomposizione: Alessio Scordamaglia

Finito di stampare
nel mese di novembre 2021
per conto della Adriano Salani Editore s.u.r.l.
da Grafica Veneta S.p.A. di Trebaseleghe (PD)
Printed in Italy